高校サッカーボーイズ U-16

はらだみずき

高校生のためのポーカー入門 16

名もなき風たち

目次

主な登場人物

青嵐高校《せいらんこうこう》サッカー部　Aチーム県1部リーグ、Bチーム県3部リーグ所属。全国大会(インターハイ)出場1回。ユニフォーム　正　青/青/青　副　白/白/白。

監督　鶴見《つるみ》　顧問　小泉《こいずみ》

コーチ　鰐渕《わにぶち》(Bチーム監督)　三嶋《みしま》(一年生チーム担当)

青嵐一年生

武井遼介《たけいりょうすけ》　MF/171/61/桜ヶ丘中《さくらがおかちゅう》　主人公。全国大会出場を目標とするサッカー部に入り、レギュラーを目指す。

上崎響《かみざきひびき》　MF/175/64/J下部組織　Aチーム所属。元キッカーズ。ユースに昇格できず入部。

伊吹遥翔《いぶきはると》　MF/165/55/県外中学校　震災直後の編入生。非凡な才能を感じさせる左利きのドリブラー。

小野昴《おのすばる》　MF/156/51/県内中学校　チーム一小柄。サッカー戦術に詳しい秀才。

青山巧《あおやまたくみ》　DF/171/62/桜ヶ丘中　元キッカーズ。遼介とは小六からチームメイト。

藪崎健二《やぶさきけんじ》　FW／181／70／県内中学校
中学時代、遼介と同じ市トレセン所属。

三宅恵司《みやけけいじ》　FW／172／68／県内クラブ
太めの陽気なムードメーカー。

照井邦彦《てるいくにひこ》　DF／182／69／県内中学校
自称〝テリー〟。身長はあるが足もとの技術に不安あり。

常盤真一郎《ときわしんいちろう》　DF／178／66／県内中学校
白組キャプテン。真面目な性格のまとめ役。

麦田優《むぎたまさる》　GK／171／61／県内中学校
小柄だと自認している第三ゴールキーパー。

庄司航《しょうじわたる》　MF／170／62／県内中学校
同じポジションの遼介を敵対視している。

野本翔平《のもとしょうへい》　MF／169／59／県内中学校
同じ中学校出身の庄司とつるんでいる。

真鍋淳也《まなべじゅんや》　FW／168／58／県内中学校
華奢でもうひとつ決定力に欠けている。

和田和己《わだかずみ》　DF／172／64／県内中学校
守備では安定感のあるサイドバック。

米谷栄司《よねたにえいじ》　MF／173／65／県内クラブ
赤組キャプテン。感情が表に出やすい中盤の〝闘犬〟。

速水俊太《はやみしゅんた》　FW／168／60／県内クラブ
チーム一の俊足フォワード。口数が少ない。

宮澤光男《みやざわみつお》　DF／181／72／県内クラブ
元キッカーズ。小中時代に遼介と対戦。

西悠人《にしゆうと》　GK／180／73／県内クラブ
コーチングに長けた第二ゴールキーパー。

奥田要《おくだかなめ》　MF／174／70／県内クラブ
Bチーム所属。チーム有望株のボランチ。学年のリーダー的な存在。

大牟田剛《おおむたごう》　GK／185／78／県内クラブ
Bチーム所属。ハイボールに強い次期正ゴ

ールキーパー候補。

阿蘇快《あそうかい》　FW／168／59／県内クラブ　Bチーム所属。ゴール前での冷静さが光るストライカー。

月本大樹《つきもとだいき》　DF／182／73／県内クラブ　Bチーム所属。高さが武器のセンターバック。

他校ライバル一年生

星川良《ほしかわりよう》　MF／169／59／桜ヶ丘中　古豪・山吹《やまぶき》高校サッカー部。遼介とは小・中とチームメイト。

鮫島琢磨《さめじまたくま》　FW／184／73／桜ヶ丘中　新鋭・勁草《けいそう》学園サッカー部。小二まで遼介と一緒にボールを蹴り合った幼なじみ。

哲也《てつや》　**和樹**《かずき》　オッサ　尾崎《おざき》　高校でもサッカーを続けている元桜ヶ丘FCチームメイト。

樽井賢一《たるいけんいち》　震災後、連絡が途絶えた元桜ヶ丘FCチームメイト。

矢野美咲《やのみさき》　遼介の中学時代の同級生。遼介と同じ高校に進むことを望んでいたが叶わず。

神崎葉子《かんざきようこ》　遼介の中学・高校の同級生。美咲の親友。

木暮《こぐれ》　桜ヶ丘FCコーチ。桜ヶ丘小中時代に遼介らを指導。

峰岸《みねぎし》　桜ヶ丘FCコーチ。遼介の小六のときの監督。木暮とは同じ高校サッカー部出身。

※　ポジション／身長cm／体重kg／前所属　FW＝フォワード　MF＝ミッドフィルダー　DF＝ディフェンダー　GK＝ゴールキーパー

あの日のこと

風がグラウンドを渡っていく。

微《かす》かに潮の香りがした。

かつてこのあたりは遠浅の海に近かったらしい。しかし今は埋め立てられ、海は遠ざけられてしまった。だからそれは気のせいで、汗のにおいだったのかもしれない。

目が合った瞬間、敵のディフェンダーの背後をとり、裏のスペースへ飛び出す。地を這《は》うグラウンダーのパスが、自分の見つけた地点に、意志を持っているかのように向かってくる。そのボールを左足のスパイクの内側《インサイド》でピタリと止め、顔を上げる。前方にはあざやかな青緑色のユニフォームを着た長身のゴールキーパー。両手を斜め下に向けて広げ、シュートコースを消そうと迫ってくる。まるで威嚇する孔雀《くじゃく》のように。

唯一見いだしたシュートコースを狙って、打つ。

「ナイッシュー！」

背中で声が弾《はじ》ける。

キーパーの股間《こかん》をすり抜けたボールがネットをゆらした。

ふっと力を抜き振り返る。目の前に差し出された手のひら。

その手と、自分の右手を、無言で合わせる。

――パチン。

いい音がした。

〝よく決めてくれたな〟

〝サンキュー、いいボールだったぜ〟

タッチには、そんな意味が含まれている。

「ケンジ、ナイスパス！　リョウ、ナイスゴール！」

自陣の最後方から、味方ゴールキーパーの声が届いた。

練習試合ながら、記念すべき初ゴールを決め、胸の前で小さく拳《こぶし》を握る。

ついこのあいだまでは、別々の色のユニフォームを着て敵として戦っていた者たちが、今はチームメイトとして同じピッチに立っている。全員の名前と顔はまだ完全に一致しないけれど、一緒にボールを追い、アイコンタクトを交わし、パスをつなげば、ゴールへのイメージを共有できる。サッカーはシンプルで気持ちがいい。

センターサークルの中心にボールがセットされ、相手チームボールでのゲーム再開。

中盤の自分のポジションについた武井遼介《たけいりょうすけ》は、束の間、淡い青空を見上げた。

――春だ。

新しいチームの一員になったんだな。

あらためて思った。

自分のサッカーの新たなページが始まったことを。

主審の笛が鳴り、乾いたグラウンドの足もとから砂埃《すなぼこり》が舞い上がる。

遼介は風を切って走った。


「やっぱさ、サッカーはフルコートでしょ」

試合を終え、ピッチでの高揚が冷まされていく特別な時間、部室前で着替えていると、だれかが言った。

「――だよな。ひさしぶりだかんな、フルコートでの試合」

「ミニゲームはもう飽きたっしょ」

「四本負けなし、おれらつえーじゃん」

木漏れ日の下、冗談交じりの笑い声が響く。

トップチームに当たるAチームも、二年生主体のBチームも遠征に出ている土曜日。県立青嵐高校《けんりつせいらんこうこう》サッカー部一年生は、二チームに分かれて、ホームグラウンドで初めて練習試合を行った。対戦相手は、近隣の私立高校。校内にあるセミナーハウスを利用しての一年生合宿が中止になり、急遽《きゅうきょ》組まれた試合でもあった。

練習試合の二本目と四本目の途中から遼介は出番を得た。二本目はセンターハーフ。中盤の選手と自認しているが、四本目の途中からはフォワードでの出場となった。

この日、一年生担当の三嶋《みしま》コーチは休み。代わりにベンチに入った顧問の小泉《こいずみ》先生から特別な指示はなく、選手たちでチーム分けをし、ポジションを決め、全員がピッチに立った。

試合の審判は、主審を相手チームのコーチが、副審を出場しない両チームの選手が務めた。遼介は試合に出られない一本目に続き、三本目もオレンジとイエローの市松模様のフラッグを手にして副審を担当しようとした。

「なにも遼介がやることないって。さっきやったじゃん」

小学六年生からのチームメイト、青山巧《あおやまたくみ》から言われた。

「まあね。でも、だれかがやらないと」

「だからさ、遼介じゃなくても、ほかにいるって」

まぶしそうに顔をしかめる巧は不服そうだ。

言いたいことはわからないでもない。一年生部員だけで三十人以上いる。対戦相手もそれに近い人数がいるだろう。

とはいえ、審判をやりたがらない者もいる。巧もそうだ。とくに試合後は疲れたと敬遠する。チーム内での実力や人間関係で決まりがちだ。

遼介は審判をやることに、それほど抵抗はない。ピッチから離れて試合を眺めているよりも、タッチライン沿いを移動しながらプレーに目を配るほうが、臨場感が増し、試合に入り込みやすい。考えようによっては、フラッグを手にしながらでも、サイドステップやバックステップのトレーニングだってできる。

それにまだ把握し切れていないチームメイトの特徴を知る機会にもなる。得意なポジション、利き足、プレースタイル、よく使うフェイント、苦手なプレー、あるいは性格まで垣間見《かいまみ》えてくる。学ぶことは少なくない。公立高校ながら、受験科目の一部を実技で入ってきた、いわばスポーツ推薦の部員たちは、たしかに武器と呼べるテクニックを持っているのがわかる。

もっとも、その技を一番盗みたい、Jリーグ下部組織からやってきたあの男は、このグラウンドにはいなかった。巧の話では、県のトレーニングセンター、いわゆるトレセンに選ばれている国体メンバー候補で、関東《かんとう》トレセンリーグに参加するらしい。「要するにさ」と巧は舌を鳴らしてから言った。「おれたちとは別扱いってわけ」

「あー、なんか二本じゃ、もの足りねえ」

元富士見一中《ふじみいっちゅう》のエース、藪崎健二《やぶさきけんじ》が空を仰いだ。30分二本の試合で合計3ゴール1アシストを決め、わかりやすく実力を示したフォワードはストッキングをだらしなく下ろし、アディダスのスポーツサンダルでうろうろしている。露《あら》わになったすね毛がやたらに濃い。

「しかたないだろ、午後からは〝ジョッカー〟が使うんだから」

ディフェンスラインを統率し、失点を1に抑えた元キッカーズのセンターバック、宮澤光男《みやざわみつお》が笑っている。長身を生かし、ゴール前の危険なエリアから何度もボールを遠ざけていた。こちらは高一にもかかわらず、額の生え際が後退している。そのことを先輩にからかわれると、ヘディングをやりすぎたせいです、と真面目に答えたらしい。

「女子のサッカーにまぜてもらうかな」

健二がおかしな声を出す。

「好きにしろ」

露骨に呆《あき》れてみせたのは、股《また》を広げて座った短髪の米谷栄司《よねたにえいじ》。ブーメラン形の眉《まゆ》のあいだに縦じわを寄せることが多く、目つきが鋭い。試合では、中盤の底のアンカーとして、敵のボールを奪取する能力を発揮して見せた。球際にめっぽう強いが、荒っぽいプレーでファウルを取られて熱くなり、主審に注意される場面もあった。

「次はいつかなぁ、試合」

焦がれるように健二が受け口の顎《あご》をさすった。

「おれたち一年は、公式戦とか大会はないわけ？」

「どうなんだろ……」

さっきまでの有頂天な雰囲気に翳《かげ》りが差す。

「て言うかさ、今日の試合、なんで三嶋さん来ないの」

健二の声は不満げだ。せっかくハットトリックを決めたのに、と言いたげでもある。

たしかにそのことは、練習試合とはいえ疑問に感じた。三嶋という若いコーチが日頃熱心なだけに、余計そう感じてしまうのかもしれない。初ゴールを奪った遼介にしても残念だった。

「試合のことは、小泉先生が監督に伝えるだろ」

宮澤がなだめるようにつぶやいた。

「無理だろ、あの人じゃ。グラウンドでワイシャツ着てるんだぜ。どうせ伝わったとしても、勝った負けたくらいの話だろ」

試合中よく声が出ていたゴールキーパーの西《にし》が言う。

たしかにそうかもしれなかった。試合後、小泉先生の口からは、内容についての総評などは出てこなかった。

「せめてチャンスくらいあればな」

米谷があからさまに舌を鳴らす。

「チャンスって？」

「そりゃあ、決まってんじゃん、上のチームに上がるためのさ」

「どうかなぁ、監督はトップチームにつきっきりだかんな」

「なんか最初から、おれらのこと子供扱いなんだよな。朝練とかもさ、一年が練習する場所、えらく狭いし。グラウンドの隅で、てきとうにやっとけって感じでさ」

巧が力なく笑った。

「でもどうなんだよ、ほんとのところ」

米谷の声が低くなる。「Bチームには、おれらより、うまくないのもいるだろ」

ついこのあいだまでは中学年代のチームで最年長、中心選手だった者たちの本音が、勝利という熱によって炙《あぶ》り出される。

新入部員の半分以上がクラブチーム出身者。強豪クラブやトレセンに所属していた強者《つわもの》も少なくない。遼介や巧のように中学校の部活組もいるが、彼らは少数派であり、どこか肩身が狭い。健二は部活組だが、参加した練習会でコーチから声をかけられ、入部に至った経緯がある。その去年の秋に行われた練習会の案内書というのは、強豪クラブやトレセンに入っている者にだけ配布されたそうだ。サッカー強豪校になればなるほど、クラブ出身者が幅を利かせる。その傾向は強くなるのかもしれない。

「なあ、腹へったから、どっか寄ってかね？」

米谷の気怠《けだる》そうな誘いに、宮澤や健二ら何人かが相槌《あいづち》を打った。春休みから練習に参加していたグループだ。

「おれもいいかな」

巧の声色が遠慮がちになった。

どこへ行くかの相談が始まった。

頃合いを見て、チームカラーのやわらかい青、ホリゾンブルーのポロシャツとジャージのパンツに着替えた遼介は、サッカー用の黒のバックパックを背負った。

「リョウも行かないか？」と健二の声がした。

「サンキュー、今日はやめとくわ」

「そっか。じゃあな、リョウ」

「ああ、お疲れ」

右手を軽く挙げ、自転車置き場へと向かう。

新しいチームでの呼び名は、名前の「リョウスケ」から、「リョウ」に変わった。言ってみれば短縮された。試合中は、そのほうが呼びやすいからだ。同じ学年に、同じ読みの名前の者はいなかった。

でもその呼び名には、最初はかなり違和感があった。以前のチームメイトのなかに、そう呼ばれている者がいたからだ。

――星川良《ほしかわりょう》。

小学生のときから一緒にボールを蹴《け》っていた。ポジションを争ったこともある。いつも意識してプレーしていた。

でも、ここにあいつはいない。

「リョウ」

と声がすると、今でもハッとする。

でも、そんなことにも、じきに慣れるだろう。

自宅マンションから学校まで、片道約三十分。自転車通学を選んだのは、公共の交通機関を使ってもさほど時間が変わらないし、なにより交通費が浮くからだ。三人きょうだいの長男である遼介は、自分から親に申し出た。

自転車通学は、雨合羽を着なければならないどしゃ降りの日や、やたらに風の強い日は憂鬱《ゆううつ》にもなるが、毎日混雑した電車やバスに閉じ込められるのを思えば、かえって気楽だ。それに今日のような天気のいい日は、かなり得をした気分になる。少し遠回りだけれど、通学路に選んだ富士見川《ふじみがわ》沿いのサイクリングロードの区間は、景色を眺めながらのんびり走れるお気に入りのコースだ。

入学当初、川岸に枝を広げたソメイヨシノが見事に咲き誇っていた。しかしその間、満開の桜のトンネルを何度も通ったが、人々は花を愛《め》でることはなく、その下に集うこともせず、今年の桜はハラハラと散っていった。

その理由はわかっていた。

ペダルをこぎながら、いつもとちがう春を想った。

今日の試合、ゴールを決めても、手放しで喜ぶことはできなかった。そのことと根は同じなのだ。遠く離れていようが、多くの人が悲しみに打ちひしがれ、途方に暮れていると知っていながら、人は、心から楽しむことはむずかしい。

風に吹かれながら、遼介は口笛を吹こうとして、やめた。

川沿いの道から外れ、田植え前の水を張った田んぼのなかの農道を突っ切っていく。なにか生きものがいないか水面《みなも》に目をやりながら走るが、なにも見つけられない。でも時折、小さな波紋が広がる。見えないけれど、きっとなにかが生きているのだろう。ガタガタと車輪が揺れる未舗装道路を、サドルから腰を浮かしながら遼介はペダルに力を込めた。

なだらかな坂を上って舗装された道路に出れば、もうそこは民家が建ち並ぶ住宅地だ。狭い庭に、色とりどりの春の花が咲き始めている。

自宅マンションの前まで来たが、遼介は通り過ぎた。ふと、あの場所へ行ってみようと思い立った。今はちりぢりになってしまった、かつてのチームメイトと一緒にボールを蹴っていた小学校のグラウンドへ。そこへ行けば、だれかに会えるかもしれない。

校門を入った左手にある駐輪場に自転車を停め、バックパックを背負ったまま、校舎の日陰を進む。校庭への入口脇に、小学生時代に所属していたサッカークラブ、桜ヶ丘《さくらがおか》F《フットボールクラブ》Cの倉庫が見える。倉庫と言っても、家庭用の大きめの物置に過ぎない。その前に、ジャージ姿の中年の男がしゃがんでいた。

「うへっ」

男は空咳《からせき》をして、顔の前で煙たそうに右手を振った。最近見かけなくなった赤色のラインカーを逆さにして、パウダーの出口を木の枝の先でつついている。中途半端にのびた髪には、うっすらと白い粉をかぶっていた。

「ちわっす」

遼介の声に、男が顔を上げた。小学生時代世話になった、コーチの峰岸《みねぎし》だ。まだ四月だというのに、その顔は日焼けしたように赤黒く、まるで赤鬼みたいだ。

「おう、遼介。ひさしぶり」

「詰まっちゃったんですか？」

「ああ、二台ともな。もう買い換え時かもなぁ」

峰岸は手を休めた。「部活の帰りか？」

「今日は午前中で終わったんで」

「よく来たな。元気でやってるか」

「はい」と答え、遼介は尋ねた。「その後、琢磨《たくま》から連絡はありますか？」

「ああ、昨日もあった。電話代の無駄だから、かけてくんなって言ってんだけどな」

言葉とは裏腹に、峰岸の顔はうれしそうだ。

母子家庭に育った鮫島《さめじま》琢磨は、遼介の幼なじみ。小学二年生までこの場所がホームグラウンドの桜ヶ丘FCでチームメイトだったが、ある日突然、母親と一緒にいなくなってしまった。それから六年の月日が過ぎた中学二年の秋、交通事故で母を亡くした琢磨が生まれ育った町に帰ることを望んでいると知った峰岸は、卒業までの一年間琢磨を預かった。峰岸に子供はなく、遼介たちが六年生のときに、高校時代サッカー部のマネージャーだった最愛の妻を亡くしていた。

琢磨が故郷にもどり、再びサッカーを始め、遼介たちとサッカー部で一緒にプレーできたのは、まちがいなく峰岸のおかげだ。県のトレセンにも選ばれていた大型フォワードの琢磨は、その後サッカーの特待生として私立高校に合格し、この四月から寮生活を始めている。

「あいつ、帰って来ないんですか？」

「ああ、忙しいんだろ、サッカーで」

峰岸はラインカーを倉庫にもどし、「ちょっと待ってろ」と言うや、校門のほうへ小走りで向かった。

「あ、峰岸さん」

声をかけたが、行ってしまった。

ひとり取り残された遼介は、花の終わった桜に囲まれた桜ヶ丘小学校《さくらがおかしょうがっこう》の土のグラウンドを眺めた。週末だというのに人影はなく、がらんとしている。向き合った白いサッカーゴールが、どこか寂しそうだ。

そんな殺風景なグラウンドから目をそむけると、クラブの倉庫の外壁に貼ってある、ビニールで覆われたポスターに気づいた。

『来たれ桜ヶ丘FCへ。君も未来のJリーガーに』

そう書かれたポスターには、遼介たちが六年生のときの写真が使われている。

「まだ貼ってあんのか」

思わずつぶやいたあと、二列に並んだチームの集合写真を見つめた。

遼介を含めた十三人のチームメイトは、どの顔もまだあどけなく、試合のあとのせいか、みんな泥だらけだ。キャプテンマークを左腕に巻いた星川良の姿もある。一丁前に両腕を組んだ自分たちの姿に、自然と口元がゆるんだ。

しかしそのなかの、鼻孔《びこう》をふくらませ笑いをこらえるようにしている少年のところで、遼介の目が留まり、笑みが消えた。

「懐かしいだろ」と声がした。

いつのまにか後ろに峰岸が立っていた。「卒業記念少年サッカー大会。おまえらは、宿敵キッカーズに勝った。ＰＫ戦の末にな」

遼介は、ポスターから視線を外さずにうなずいた。

「それがもうみんな高校生か、早いもんだ」

全員高校生、その言葉に、相槌《あいづち》は打てなかった。

もちろんそうであってほしい。そしてサッカーを続けていてくれたら――。

「まあ、座ろうや」

峰岸の無骨な手には、缶コーヒー、スポーツドリンク、炭酸飲料のボトルがあった。

「どれにする？」

鶏小屋の先にあるベンチに腰かけ、峰岸が差し出した。

「ありがとうございます。じゃあ、これを」

スポーツドリンクを選んだ遼介に、「よし、合格」と峰岸はうなずいた。

どうやら今のはテストだったようだ。たぶんそのために、飲みもしない炭酸飲料まで買ってきたのだろう。六年生のとき、サッカーをやる上での食生活について厳しく指導されたのを思い出した。峰岸という男は、つくづくコーチなのだ。

「今日は練習ないんですか？」

「午前中にやった。でも参加した子は少なかったな。とくに低学年。親は心配なんだろ。まだいろいろとわからないことが多いから」

峰岸は浮かない表情で缶コーヒーのプルトップを開いた。

「うちのサッカー部の一年生合宿は中止になりました」

「そうか。こっちも、大会がいくつか流れた。練習もオフにして、三月末にようやく卒団式をやったくらいだ。あれから一ヶ月経ったけど、まだまだ不安は拭《ぬぐ》えない」

遼介は黙ってうなずいた。

「おまえ、気になってんじゃないか？」

「え？」

「樽井《たるい》のこと」

峰岸は、さっき遼介が見つめていたポスターの、笑いをこらえている少年の名前を口にした。

「あいつは律儀なやつでな。今年も年賀状が元旦《がんたん》に届いた。毎年、サッカーボールが描いてあんだ」

「それ、うちにも届きました」

笑いたかったけれど、笑えなかった。

桜ヶ丘FC時代、右サイドバックの樽井賢一《けんいち》は、簡単に敵の突破を許してしまうことから、〝ザル井〟と呼ばれていた。そんなあだ名をもらったのは、当時監督だった峰岸が、「樽井の守備はザルだな」とベンチで口を滑らせたのがきっかけだった。本人は飄々《ひょうひょう》としていて、いっこうに気にしていない様子だったけれど。

「あいつ、引っ越したんだよな」

「小学校を卒業してすぐに」と遼介は答えた。

樽井からは、毎年、年賀状と暑中見舞いが届いた。中学一年の夏には、サッカー部に入ったらしく、「また、みんなとサッカーができるといいね」と書いてあった。いつも恐竜のタマゴみたいな、へたくそなサッカーボールが添え描きされていた。

「あいつの住所、福島だったよな」

峰岸はため息のあと、小さくゲップをして、遠い目をした。


約一ヶ月前のあの日、桜ヶ丘中学校を卒業したサッカー部の昼食会が、地元のファミレスで開かれた。メンバーのなかには、小学生時代から桜ヶ丘FCで一緒にプレーしてきた、樽井を除く十二人の顔が揃っていた。それぞれの進路が決まった春、店の人につないでもらったテーブル席で話が弾んだ。

最初の話題は卒業式でのこと。サッカー部顧問の鬼監督が人目も憚《はばか》らず泣いていたこと。それ以上に、チームの守護神、オッサこと長内《おさない》が号泣していたこと。式が終わって下校するとき、星川良の学生服のボタンがすべてなくなっていたこと……。

「どんだけモテんだよ」

サッカー部を一度は退部して、再び舞いもどった和樹《かずき》が悔しげに言った。

星川本人は涼しそうな顔で、自分だけ注文したプリンアラモードをスプーンですくっている。「ひと口ちょうだい」と頼んだオッサに、黙って首を横に振って見せた。

「いや、学生服のボタンだったらさ、おれだって帰るときには全部なかったよ」

訊《き》かれてもいないのに、口を挟んだやつがいた。尾崎《おざき》だ。

「それって、女子がくださいって迫ってきたわけ？」

「ちょっとちがうかな。自分で外して、もらってくれそうな子に配った。危うく一個だけ余りそうになったけど」

「ちょっとじゃない。大きく異なるだろ」

県内で最難関校とされる公立高校に進む秀才、哲也《てつや》は呆《あき》れ顔《がお》だ。

そんなたわいない会話で終始盛り上がった。

昼食会の最後に、キャプテンだった遼介に声がかかり、締めの言葉を求められた。遼介は、これから高校に進み、チームが別々になっても、また機会があればみんなで集まろうと話した。そのときだけテーブルはやけに静かになった。

しかしそれは中学校のチームメイトとの話で、樽井のことなど、すっかり忘れていた。おそらく、ほかの元チームメイトたちも。

「じゃあ、これからカラオケに行かね？」

オッサが言いだし、県道沿いに新しくオープンしたカラオケボックスに自転車で向かうことになった。

その途中でのことだ。遼介は信号の手前で自転車のブレーキを両手で強く握った。油の切れたブレーキが「ぎゃっ」と猫の悲鳴のように鳴った。

後ろを走っていた何人かが、少し行きすぎて止まり、振り返った。

「――揺れてる」

「えっ？」

「ほんとだ」

しかし気づかないのか、オッサと和樹は横断歩道を渡って行ってしまった。

「おい、あれ？」

哲也が指さした電柱の電線が、大縄飛びのロープのように大きく波打っている。

道路を挟んだ向かいの家の瓦《かわら》屋根が砂煙を立てて崩れだした。

「やばいぞ」

「うわっ」とだれかが声を上げた。

地面に橙《だいだい》色のかたまりがボトボトと降ってきた。

「なにこれ？」

見上げると、歩道に庭木が張り出している。その木に生《な》った夏みかんが落ちてきたのだ。

「壁から離れろ」

遼介は自転車をその場に倒した。

「まだ揺れてんぞ」

ニキビ面の琢磨が大きなからだをまるめ、しゃがみ込んだ。

「もしかして、東北？」

言ったのは哲也だった。「このところ、地震が続いてたろ。だとすれば、そうとうにでかいぞ」

生まれて初めて得体の知れない戦慄《せんりつ》を覚えた。ぞわぞわと足もとから無数の地虫が駆け昇るみたいに。見えない巨人が、地面を揺すっている。もういいかげんにしてくれ。そう叫びたくなったとき、ようやく揺れが収まった。

目の前の道路を、何事もなかったように車が走っていく。その一方で、家から通りに人が出てきていた。なにをするでもなく、不安げに突っ立っている。

「おれ、帰る」と星川が早口になった。

「そうだな、そうしよう」

遼介は倒した自転車を引き起こした。

来た道をもどると、美容室のショーウィンドウが割れ、歩道にガラスが散乱していた。かつらのとれた上半身だけのマネキンが、ごろんと仰向《あおむ》けになって空を見上げていた。

引き返してきたオッサと和樹の自転車が、いつのまにか後ろに続いている。みんな青ざめた顔でペダルをこいでいる。

もうだれもふざけたり、カラオケに行こうと口にしたりはしなかった。


「それから家に帰りましたけど、だれもいませんでした。それでここへ来たんです。そしたら小学生が校庭にたくさん避難していて、迎えに来ている親もいました。自分も妹と弟を引き取って学校を出ました。でも、マンションに帰るのは不安で、しばらく人が集まっている公園に三人でいたんです。母がパートから帰るのは五時過ぎだったんで」

遼介があの日を振り返ると、「あんときゃ、揺れたもんな。子供だけじゃ、おっかねえよな」と峰岸がうなずいた。

「まあでも、家族はみんな無事でしたから」

「それがなによりだ。このあたりもいろいろと被害はあった。海のほうじゃ、亡くなった人もいる。建物や道路もかなり傷んだ。電気や水道が使えなくて、しばらく不便だったよな。でも向こうじゃ、今も……」

峰岸は顔をしかめ、厚い唇に力を込めるようにした。

息苦しくなった遼介は、深く息を吸い込んでから吐いた。記憶はまだ生々しく、思い出すたびに気持ちが揺れた。

しばらくの沈黙のあと、峰岸が口を開いた。「それはそうと、サッカー部のほうはどうなんだ？」

「学校のほうは、ガラスが割れたり、水道が一時使えなくなったりしたようですけど、それほど大きな被害はなかったようです。グラウンドには何カ所か亀裂《きれつ》が入ったと聞きましたが、僕らが入部したときには、もう跡形もなくて」

「それは運がよかったな」

「そうですね。ふつうにサッカーができますから」

峰岸は二度うなずいた。

「高校は、青嵐だよな」

「巧も一緒です」

「部員の人数は？」

「全部で百人くらいです。一年生の入部希望者は、五十人はいました。でも、今残ってるのは三十ちょっと」

「もう二十人近く減ったのか」

「部活体験で練習に参加しても、ついていけないって思うというか、思わせられるっていうか。最初の一週間は、毎日10キロ走りました」

「ふるい落としか」

「しごきってわけじゃないですけどね。体力のないやつにとっては、かなりキツかったはずです。無理をしてケガして、やめたのもいます。あっという間に、十人くらい来なくなりましたから」

「それって、サッカー初心者とかじゃないよな？」

「多くは部活でサッカーをやってたやつです」

「そいつら、体力落ちてたんじゃないのか。サッカー部によっては、中三の夏、もしくは秋に活動を終えちゃうだろ。受験勉強漬けで運動しなけりゃ、まちがいなくからだはゆるむ。それを元にもどすには、そうとうな時間がかかる。その点、クラブチームには基本そういう期間はないはずだ。三月まで月謝を払い続けるわけだからな。高いレベルのクラブなら、三年の冬だろうが試合をやってる」

「そうですね、それは感じました」

「それで？」

「一週間後からは、鳥カゴです」

「鳥カゴって、輪になってやる、ボール回しな」

「基本は、ボールを回すのが三人で、取りにいくオニがひとり。ボールのタッチ回数は制限されます。ツータッチやワンタッチ。うまくやらないと、ずっとオニをやるはめになる。オニになった回数で罰ゲームがあったり、ミニゲームのチーム分けをするから、だれも手を抜いたりしません。だれがうまくて、だれがへたか、はっきりしてきます。たぶん、自分の実力じゃ無理だって、思い知るんじゃないですかね。自分の場合は、中学時代に鳥カゴをさんざんやったんで、その点は助かってますけど」

「まあ、青嵐高校サッカー部といやあ、全国を視野に入れてるだろうからな。去年の選手権はベスト4まで勝ち上がったもんな」

「はっきり言って、うまいやつしかもう残ってません。でも、うまいだけじゃ足りない。そんな気がしてます」

「なるほどな。しかし減ったとはいえ、一年だけでうまいのが三十人もいるんだろ」

「春休みから練習に参加していた一年生が何人かいるんです。そいつらは一歩リードっていうか、一年のなかでも別格みたいな感じですね。何人かは、上のチームでやってます。基本的には、一年生は一年生だけでの練習だから、上とはほとんど交流もなくて」

「桜ヶ丘中の10番だった遼介といえど、うかうかしてられんな」

「もちろん、そうなんですけど」

遼介は言葉を濁した。

これまでのサッカー経験のなかで、チームでの今の立ち位置は初めてと言えた。小学生時代、中学生時代は、常にチームの中心にいることができていた。

小学生時代の背番号は10番。六年生のとき、監督が峰岸に代わり、中盤でボールを持ちすぎる嫌いのある遼介はさんざん怒鳴られた。キャプテンからも降ろされ、キャプテンマークはチーム内でのライバル、星川良の左腕に巻かれることになったが、それでもスタメン落ちしたことは一度もなかった。

中学一年の最初の時期は、上級生とのフィジカルの差を強く感じた。しかし早くも夏にはベンチ入りメンバーに選ばれ、三年生を差し置いて先発メンバーとしてピッチに立つこともあった。そして三年生の引退後、再び10番を背負い、キャプテンマークを自分の左腕に巻いてプレーした。

しかし、青嵐高校では勝手がちがった。総勢約百人の大所帯のサッカー部では、単なる一年生部員のひとりに過ぎなかった。

「やっていけそうか？」

その問いかけには、「今日、ひさびさに試合だったんですよ」と答えた。

「どうだった？」

「1ゴール決めました」

そう口に出したのは、世話になったコーチを安心させたかったからかもしれない。案の定、峰岸は「すごいじゃないか」と顔をほころばせた。

「でも、なんかもうひとつ楽しめなくて……」

「どうして？」

遼介は迷ったが、そのことを口にした。「こんなときに、サッカーやってて、いいのかなって」

「まあ、それはな……」

峰岸は肩を落とし、小さくため息をついた。

「けど、一年のなかでも競争はもう始まってるわけで、上に行くにはアピールもしなくちゃならない。サッカーに集中しないと、そう思う自分もいて……」

遼介は顔を上げ、小学生の頃に仲間と走りまわった校庭に目をやった。

しかし、そこにはだれもおらず、ただ風が吹いているだけだった。

あの頃は、うまかろうが、へたくそだろうが、一緒にボールを追いかけ、蹴《け》っていた。人数が少ないチームでは、だれもが大切なチームメイトであり得た。

でも今は、約五十人の入部希望者が三十人くらいまで減ったことに、正直ほっとしている。あわよくば、さらに脱落者が出ることを、どこかで期待してもいた。

しゃべりすぎたかもしれない。遼介の胸に苦い思いが立ち昇ってきた。

でも、口に出したことで、少し楽になった気がした。考えてみれば、こんなふうに峰岸と二人で話したのは、初めてのことでもあった。

峰岸は同じ景色を眺めながら、なにも言わず、遼介の背中をポンと叩《たた》いた。

・

武井遼介一家が暮らす県北西部の町は、東日本大震災の本震の震源地から400キロ以上離れている。それでも今まで経験したことのない強い揺れを体感し、実際に身のまわりで被害を目にし、耳にもした。

四月下旬になった今も、近所の家の瓦《かわら》屋根の多くは青いビニールシートで覆われているし、通学路の途中にある道標らしき石碑は倒れたままだ。サイクリングロード沿いに流れる富士見川下流の埋め立て住宅地では、液状化現象によって舗装された道路は波打ち、電柱や塀だけでなく、家屋までもが傾いている。

連日、テレビにはさまざまな震災の光景が映し出された。この春から小学二年生になった弟の勇介《ゆうすけ》は、炎上する製油所を見て、「うわっ、やべっ」と声を上げ、中一の妹の由佳《ゆか》は、「映画みたい」とつぶやいた。

津波が港や街や田畑、その先にあるあらゆるものを吞《の》み込んでいく様子を、遼介はただ黙って見ているしかなかった。

震災の被害の甚大さが次第に明らかになるにつれ、これは現実に起きていることなんだと自分に言い聞かせた。テレビに映し出される津波や原発事故の様子が、どこか遠くの国の出来事のように思えてしまうからだ。

しかし、日増しに増え続ける死者と行方不明者の数は、多すぎてとらえどころがなかった。新聞やテレビで見かけるのは、生き残った人と瓦礫《がれき》の山ばかりで、死者の姿はどこにもない。

遼介の両親は関東出身ということもあり、親類や知人など、近しい者に東北で被災した者はいない。遼介は、東北を訪れたことすらなかった。

「つながろう」や「絆《きずな》」という言葉が巷《ちまた》には溢《あふ》れ出していたが、自分の気持ちのロープが引っかかりそうなフックは、どこにも見当たらない。

唯一、リアルに感じたとすれば、それは福島に引っ越した幼なじみ、樽井賢一の存在だった。

引き波によって建物の上に乗っかってしまったフェリー。瓦礫の前で立ちつくす毛布にくるまった若い女性。白い防護服を着た原発作業員。疲れた表情を浮かべる避難所の老人たち……。

それらの映像のなかに、遼介は捜していた。そこが東北のどこかも定かではなかったけれど、かつてのチームメイト、〝ザル井〟の姿を。

樽井が引っ越す前日のことは、よく覚えている。数日後に中学校の入学式を控えたその日、樽井の住むマンション前に、チームメイトが集まった。

記憶では、何人かが来なかった。高校でも同じチームになるとは、その頃予想もしなかった青山巧もそのひとりだ。巧が桜ヶ丘FCに入ったのは小学六年のときで、樽井とはつき合いが短かったせいかもしれない。

「向こうでサッカー続けるのか？」

母親の実家のある福島に引っ越すという樽井に、めんどうくさそうに尋ねたのは、当時ぐれかけていた和樹。

樽井は「わからん、行ってみないと」と答えた。

そんな樽井に「続けろよ……」と迫ったのは、中学では野球部に入ると宣言していたオッサで、「おまえこそゴールキーパー続けろよ」と樽井に言い返されてしまう。人のよさそうな笑顔の反撃に、みんながウケた。

迷っている樽井に、サッカーを続けて、いつか対戦しようと持ちかける者もいた。

しかし樽井は、それは全国大会という意味だろうから絶対にあり得ない、と笑ってみせた。

するとオッサがつっ込んだ。「卒業文集の将来の夢に、おまえ『サッカー選手になりたい』って書いてたじゃないか」と。

樽井はあくまで笑顔で、それがどうしたと言わんばかりに、「書いたよ」と答えた。だったら続けろ、とむきになったオッサに、樽井は「夢」の意味について語ってみせた。樽井曰《いわ》く、夢とは99・9999パーセント叶《かな》わないもので、実現しなくてあたりまえ。だからだれでも、どんな夢でも見られるのだ、と。

けらけらと笑う樽井に、同じ夢を抱いていた遼介は違和感を覚えた。そんなふうに悟ったような樽井がやるせなくもあった。その頃の遼介にとって、夢とは、あきらめなければ叶う、そう信じることのできる目標だった。

近くのホームセンターまで、引っ越しの荷造りに使うガムテープを買いに行くからと、母親と車で出かける樽井に、「じゃあな」と口々に声をかけた。

樽井はあわてるようにして、「ホームセンターに行くだけだから」とくり返した。サヨナラは今日じゃないのだと、拒むように。

そんな樽井に向かって、さっさと引っ越してしまえとでも言うように、みんなで別れの言葉を口にした。

「さらばだ、〝ザル井〟！」

オッサが叫んだ。

走り出した車に向かって、みんなで声を上げ、手を振った。

そして最後に、和樹のやつが、なぜか遠ざかる車に向かってコーラの空き缶を投げつけたのだ。アスファルトを続けざまに叩く乾いた音が止み、樽井を乗せた車は角を曲がって見えなくなった。

翌日、樽井賢一は引っ越していった。

結局、だれも見送りには行かなかった。

そのことが、今も遼介の心のどこかに引っかかっている。

背番号

「一年の練習用ユニフォームを作るから、希望の番号に名前を記入しろって。ただし重複は不可だってさ」

部活の前に、米谷がそう言って一枚の用紙を持ってきた。

部室は三年生と二年生しか使えないため、遼介たちは部室の前で着替えている最中だった。

「なんだよこれ」

米谷が消えたあと、紙を受け取った一年生が言った。

「もうほとんど埋まってるじゃん」

のぞき込んだ部員も呆《あき》れ顔だ。

用紙の欄にある1から33までの番号の大半に、すでに名前が書き込まれていた。番号と名前を見れば、一目瞭然《りょうぜん》だ。レギュラーの背番号と言える1から11までは、春休みの練習に参加したメンバーで占められている。先に記入して押さえたのだろう。

「どういう決め方なんだよ」

「なんかさ、感じわりいな」

同じ中学校サッカー部出身のせいか、よくつるんでいる庄司《しょうじ》と翔平《しょうへい》の会話に、用紙に名前を記入していない者たちが集まってくる。

「試合用の公式ユニフォームは部で管理してるんだよね。大会ごとの登録選手に監督から手渡されるって聞いたけど」

「そうは言ってもだよ、練習用のユニフォームだって大切だろ。毎日着るもんだぜ。たぶん背番号は三年間変わることないだろうし」

「たしかに……。それにおれたち、公式ユニフォームに袖《そで》を通せるとは限らないもんな」

この場にいるのは、春休みの練習に呼ばれなかった者たちだ。

背番号の用紙には、米谷、宮澤、藪崎らの名前があった。10番には、まだ一度も一緒に練習したことのない、あの男の名前が記入されている。意外だったのは、背番号18の横に、「青山巧」とすでに入っていたことだ。

サッカー部の一年生のなかでは、いくつかのグループができている。Bチームに呼ばれているエリート・グループ。春休みの練習に参加したトレセン・グループ。それ以外の中学時代クラブチームに所属していたグループと、サッカー部だったグループ。すべてがはっきり分かれているわけではないが、おおむねその四つのグループと言ってよかった。遼介はといえば、どのグループにも属しているつもりはなかった。

「まあでも、しかたねえんじゃね」とだれかが言った。

「じゃあおれ、書いちゃっていいかな」

「おい、待てよ」

我先にと背番号の用紙に手をのばした。

「おれはあとでいい」と遼介は言った。

「なあ、おれたちだけでも、ジャンケンで決めない？」

後ろで声がした。

その言葉に、遼介は口元がゆるんでしまった。チームメイトに相談もせずに背番号を決める連中もどうかと思うが、ジャンケンで決めようというのも、ちがう気がしたからだ。

でも、なにも言わず、グラウンドに向かった。

結局、最後に残った背番号に、遼介は自分の名前を書き込んだ。


「家族で被災地に義援金を送ろう」

夕飯の際、そう言い出したのは、長年勤めていた会社を辞めてしまった父の耕介《こうすけ》だった。

詳しくは語らなかったが、耕介は会社に対して許せないことがあったらしい。ある日、長期出張からもどると、自分の直属の部下のデスクがなかった。聞けば、辞めたという。

辞めるように上層部が仕向けたのだ。上司である耕介に相談はなかった。

たしかにその部下には融通がきかないところがあった。でもまだ若く、これからと思っていた矢先のことだった。それ以外にも、耕介が出張に出ているあいだに、いろいろとあったようだ。終わったことだからか、笑いながら話してくれた。

そんな耕介に対して、母の綾子《あやこ》は、他人のことよりまずは自分の家族の心配をしろ、と言いたげだ。たしかに最悪のタイミングでもあった。転職先は決まったものの、その木工機械関連の会社は、東北に多くの得意先をかかえているという話なのだ。

震災が起きて、自分もなにかしなければという想いを遼介は抱いていた。だから義援金については、素直にこづかいの一部を差し出した。由佳や勇介も、そんな兄に倣った。

でもそれは、遼介自身が稼いだお金ではないわけで、なにかをしたとは到底思えない。計画停電の合間、家族で節電を心がけたが、そもそも今まで怠っていただけのような気もした。

四月に入っても、耕介は新しい会社に出勤せずにいた。震災の影響で自宅待機を会社から命じられたからだ。そのため家にいる時間が長くなった。そんな手持ちぶさたな父が見ているテレビの震災関連の映像から、遼介は次第に目を逸《そ》らしたくなった。新しい生活が始まり、あわただしく日々を送るなか、なにもできる気がしなかった。自分に後ろめたさを感じつつ、樽井のこともなるべく考えないようにした。

そんなある日、夕食の席で、耕介が唐突にサッカーの話を始めた。

料理の並んだテーブルに最後についた綾子は、露骨に怪訝《けげん》そうな表情を浮かべた。

耕介が口にしたのは、シャルケ04に所属する日本代表選手のエピソードだった。

震災の日の翌日、内田篤人《うちだあつと》は、ブンデスリーガ第26節アイントラハト・フランクフルト戦に出場した。試合後、カメラの前に立った彼の白いシャツには、日本へのメッセージが記されていた。

日本の皆へ
少しでも多くの命が救われますように
共に生きよう!

この日、勝ったらメッセージを見せようと思う、と試合前に話した内田に、チームの守護神、ゴールキーパーのマヌエル・ノイアーは勝利を約束したという。しかし、チームは失点を許し、試合は1対1の同点のまま終盤を迎えてしまう。

残り時間があとわずかに迫ったそのとき、おそらくノイアーは内田との約束を意識したのだろう。ペナルティーエリアから飛びだし、タッチライン際から敵陣深く、ロングボールを蹴《け》り込んだ。そのボールが敵のディフェンダーの頭をかすめ、ゴール前へと弾む。途中出場したフォワードが追いつき、劇的な勝ち越しゴールが生まれた。

試合後、内田はメッセージを書き込んだシャツを着て、ひとりで現地のカメラの前に立った。その後、勝利の歓喜の輪に入ることのできない内田を見つけたノイアーが歩み寄り、内田と一緒にサポーターの前へ行き、もう一度日本へのメッセージを二人で示した。

その姿はテレビや新聞、あるいはインターネットで世界に配信された。

「さすがウッチーだよね」

生意気盛りの勇介が言った。

「ノイアーって人もすごいよ」

由佳が相槌《あいづち》を打つ。

「その人、東北出身なの？」

それまで黙っていた綾子が尋ねた。

「いや、内田は静岡県出身。ノイアーはドイツ人。それでも祈り、勇気づけようとしてくれたんだ」

「いい話ね」

綾子がぽつりと言った。

内田だけでなく、海外でプレーする多くのプロサッカー選手が日本へエールを送った。

そんな話を耕介は続けた。

最近暗くなりがちな夕飯のテーブルが、ひさしぶりに賑《にぎ》やかになった一幕だった。

夕食後、遼介は自分の部屋で過ごし、明日《あした》の朝練に備えて早めにベッドに入った。

朝練は、基本は火、木の週二日。その日は、部員全員が参加する。そのほかの平日は自主練扱い。それでも多くの部員が参加している。練習時間は午前七時半から八時までの三十分間。なかには七時頃から始める先輩もいる。

遼介ら家が学校から近い一年生部員は、部室と倉庫の戸締まりを担当する〝鍵《かぎ》当番〟を任されている。そのため、七時前には登校しなければならない。

暗くした部屋で、遼介は早く眠ろうとした。十一時過ぎに余震があり、からだを起こしたせいか、なかなか寝つけなかった。もし今、自分たち家族が東北と同じような震災に遭ったら、どうなるのだろう。そんなことをいつのまにか想像していた。

それから夕食の際に父から聞いたプロサッカー選手たちの話を思い出した。

もちろん、立場や次元がちがうことなどわかっている。それでも自分も同じサッカーをやっている。子供の頃から、プロのサッカー選手になることを夢見てきた。

でも、今の自分は、高校一年生のただの無名のサッカー選手に過ぎない。そこそこうまいつもりでいたけれど、中三のときにトレセンにも呼ばれなくなり、高校のサッカー部からは春休みにも招集されなかった。入部を希望した約五十名のなかで、なんとか今いる三十三名に残ってはいる。けれど、約百名いるサッカー部のなかでは、その他大勢の部員でしかない。

練習着の背番号は「32」に決まった。

言ってみれば、ただ、自分のためにサッカーをする存在。

そんなことを考えていると、つぶった目尻《めじり》から涙がにじんできた。

監督は、遼介の名前すらおそらく覚えていない。先輩たちにしてもそうだ。このままではトップチームのレギュラーどころか、ベンチ入りメンバーに加わることさえむずかしい。そんなふうに思えてくる。

――いや、まだ始まったばかりじゃないか。

そう自分を励まそうとするのだが、どうにも気持ちが定まらない。くり返される余震のように、揺れている。

明日の朝練はゴール裏での鳥カゴ。それで三十分が終わってしまうはずだ。その三十分のために、鍵当番は七時前に登校する。六時前に起きて、朝食をすませ、六時半には家を出て、自転車を飛ばす。そのくり返し。

それが現実であり、自分が置かれた立場なのだ。

震災の被害から免れ、望んだ環境でサッカーをしている自分が、どうしてこんなに空《むな》しいのだろう。

それとも自分の夢が、樽井の言ったように、99・9999パーセント叶《かな》わないものになりつつあるからだろうか。

涙は止まってくれなかった。

空しくて、胸が苦しかった。

――春なのに。

だれかに会えば、この想いは鎮まるのだろうか。

できればそのときは、サッカーじゃない話がしたい。


土曜日、練習開始時間の三十分前にはグラウンドに入っていた。各自でアップを始めてからしばらくして、三嶋コーチが集合の声をかけた。

三嶋が一年生の最初の練習試合を休んだ理由は、すでに耳にしていた。東北出身の三嶋は、あの日、帰郷していたらしい。東京の体育大学を卒業後、教員になって今年で二年目。ふだん口数は少ないが、熱くなるとかん高い声を飛ばす。言葉には時折訛《なま》りが交じる。練習のミニゲームに参加して見せるキレのある動きは、高いレベルでサッカーを続けてきたことがうかがい知れた。

三嶋の隣には、女子マネージャーの姿があった。二人とも一年生らしいが、自己紹介をされたわけではなく、こちらもしたわけではないため、よくわからない。両手にはビニールの包みをたくさん抱えていた。

「それじゃあ、これから練習用ユニフォームを配る。今日から、これに着替えてがんばっぺ」

三嶋の言葉に、小さなどよめきが起きた。

マネージャーが背番号を呼ぶと、部員たちが、奪うようにユニフォームの袋を持っていく。良い番号をもらった者はうれしそうに、そうでもない者は静かに、自分の背番号を見つめた。

名前も知らないマネージャーからユニフォームを受け取るとき、「ありがとう」と遼介は口にした。「がんばってください」小さな声が返ってきた。

遼介はあらためて自分の背番号32と対面した。一年生のなかでは、後ろから二番目の番号だ。小学校、中学校でつけていた背番号より、ずいぶん重たくなってしまった。

「なんでもっと前の番号とらなかったんだよ」

練習着に袖《そで》を通した巧に言われた。

「どうやって?」と尋ねようかとも思ったが、黙っていた。

「まあ、おれだって18だけどね」

巧は気づいたのか、ばつの悪そうな顔をした。

「コーチ、質問です」

挙手して声を上げたのは、背番号8の練習着に着替えた米谷だ。

「なんだ?」

「ユニフォームもできたことですし、次の試合はいつですか?」

「週末には練習試合を入れていく。ただし、Aチームの公式戦が入った場合、一年は応援にまわる。もうすぐ始まる高校総体《インターハイ》の予選とかな」

「Bチームはどうなんですか?」

「BはBで試合が入る。県リーグもある」

「一年生は、大会とかないんでしょうか？」

申し合わせたように、今度は宮澤が尋ねた。

「たぶん、夏あたりにあるだろ」

三嶋はそっけなくかわすと、話を終わりにして歩き出した。

真新しいホリゾンブルーのユニフォームに着替え、すぐに練習が始まった。全員が同じ練習着に身を包むと、どこか雰囲気がちがった。不思議なもので、部員たちはきびきび動き、いつもより声もよく出ている。

二人組での対面のロングパスのとき、これまでは巧と組んでいたが、「やりませんか？」と声をかけられた。

見かけない顔の部員だった。身長は遼介より低く、１７０センチ未満。のばしていると言うより、長くなってしまった髪を自然な横わけにしている。そばかすの目立つ童顔に、人なつこそうな笑みを浮かべている。

「ええと、名前は……」

「伊吹《いぶき》遥翔《はると》といいます」

胸のゼッケンは33だった。

「ああ」と声を漏らした。こいつが背番号のドンケツか。

遼介も名乗ろうとしたが、遥翔はドリブルで離れていった。

ほぼタッチラインの両側に分かれて、背番号32の遼介と33の遥翔はボールを蹴《け》り合っった。どうやら巧はトレセン・グループのひとりと組んだようだ。巧がなにも言わなかったのは、そのほうが都合がよかったからかもしれない。

パスを始めてすぐに、伊吹遥翔の実力がドンケツではないことがわかった。そして左利きであること。小柄なくせに、キック力もあり、左足を巻き込むようなインフロントキックは正確で、なおかつトラップしやすかった。なにより左利き特有でもある、独特のセンスのようなものを感じさせた。

遼介は気恥ずかしさもあったが、練習のために利き足ではない左足でもボールを蹴った。時折、そのパスが大きくずれてしまう。すると手本でも見せるように、左足で正確なボールが返ってくる。遥翔はすべてのパスを左足で蹴った。左足しか使わなかった。

奇妙に感じたのは、そんな伊吹遥翔の印象がないことだ。練習試合の際、出場した試合が別だったとしても、遼介は副審をやっていた。これだけの選手なら、なにかしら記憶に残っているはずだ。しかし思い出せない。

三嶋コーチの指示で、トレーニング・メニューは次々に変わっていく。鳥カゴ、攻守の一対一、二対二。五対五でのポゼッションゲームでは、タッチ数を二回までに制限された。まちがいなく中学時代の部活とは練習の内容も質もちがった。

最後はいつものようにミニゲーム。ゲームでは勝つことを意識させるためか、チーム順位をはっきりさせる。成績の悪いチームには当然のように罰ゲームが待っている。

そのミニゲームで、遼介のチームは、ロングパスを蹴り合った遥翔のいるチームと対戦した。遥翔のチームには、米谷がいた。米谷は指示の声を出し続け、チームを仕切ろうとしている。今日の練習の五対五では「シンプルにパスをつなぐ」意識づけがあった。それをミニゲームの実戦のなかで実行するよう、米谷はチームメイトに強く求めている。それはコーチの望むことでもあり、まちがってはいない。

しかし遥翔は、左足でボールを持つ傾向にある。米谷の言葉には従わず、ドリブルでの打開を試みる。相手にボールを奪われそうで、奪われない。まるでそれを楽しんでいるかのようだ。

三嶋は腕を組んだままなにも言わず、そのプレーを見ている。

「シンプルに！」と米谷が叫ぶ。

遼介はサイドに流れた遥翔を、味方と一緒にはめにいった。前後から挟まれた遥翔は、スパイクの裏でボールをキープしようとするが、サポートがなく、ボールをタッチラインの外へ出してしまった。

すぐにリスタートした遼介は、リターンパスを受け、ドリブルで右サイドをえぐり、米谷が寄せてきたところで、股《また》のあいだにパスを通した。遼介が常に狙っている、得意なプレーだ。ゴール前に飛び込んできた味方がインサイドキックで合わせ、シュートが決まった。

苛立《いらだ》たしげに米谷が息を吐くと、「ごめん」と遥翔の声がした。

練習後、遼介は校舎裏の駐輪場で遥翔を見かけた。

「チャリ通なんだ？」

声をかけると、きょとんとしている。

「自転車通学なんだ」と遼介は言い直した。

「ああ、武井君もそうなんですよね」

「うん、どっちのほう？」

遥翔は少し考えてから、遼介の住む桜ヶ丘よりさらに東の地名を口にした。その発声の抑揚に、どこか違和感があった。無理になにかに合わせようとするような言葉遣いだった。

「けっこう遠いね」

「一時間はかかりません」

遥翔はにこっと笑い、「ところで腹へってません？」と続けた。

「へってるけど……」

「じゃあ、コロッケ食べに行きましょう」

「コロッケ？」

――なんで、と思った。

「おいしい店、見つけたんです」

遥翔が自転車で走りはじめた。

しかたなくその後ろについていった。最初はどこかで断ろうと思っていた。でも、言い出そうとすると、「もうすぐです」と遥翔は笑いかけ、十分足らずで着いてしまった。

「肉のなるせ」と看板が出ている、商店街を外れた通りにポツンとある小さな精肉店だ。グリーンと白の縞《しま》模様の日除《ひよ》けは色褪《あ》せ、ショーケースの前には、錆《さび》の浮いたベンチが二つ並んでいる。

「この店の自家製コロッケ、かなりイケるんです。メンチもおいしい。チキンカツも大きいのに、安くてうまい」

「へえー」

二人は店の脇に自転車を並べて停めた。

「いらっしゃい」

白い帽子を被《かぶ》ったおばさんが声をかけてきた。

「こんちは、僕はコロッケ二つ。それに具なしのおにぎり」

「おにぎりもあるのか」

「あるよ、梅とおかかと塩むすび」とおばさんが言った。

「じゃあ、おれも同じで」

遥翔の後ろから、遼介は声をかけた。

店のショーケースには牛や豚や鶏《とり》の生肉のほか、いろいろな総菜が並んでいる。部活のあとに揚げ物はキツイかなと思ったが、香ばしい油のにおいに食欲がそそられた。

柱に貼られた黄色い紙に、「ソース、マヨネーズかけ放題」と黒の油性ペンで書いてある。どうやらこの店は、学生の買い食いに寛容なようだ。なにより、コロッケひとつ七十円、塩むすび八十円はありがたい。

遼介は遥翔と一緒に店のベンチに座った。ふだん遼介は揚げ物にはソースをかける。でも遥翔が使わないので、それに倣った。きつね色に揚がった小判形のコロッケは、食べやすいように包装紙にくるまれている。その顔を出した三分の一をほおばった。アツアツではないが、あたたかく、衣はさっくり、なかはしっとりしている。

「うまいね」

思わず笑ってしまった。

「でしょ」と遥翔も笑った。

買い物帰りらしき、前かごにレジ袋を載せたおばさんが自転車で右手からやって来る。べつにこちらに注意を払うでもなく、店の前を通り過ぎていく。こんな光景は見慣れているのだろう。

「肉屋のコロッケって、どうしてこんなにうまいんだろ」

「それはね、理由があるんですよ」

遥翔は得意そうに答えた。「やっぱり家庭とは揚げる油がちがうんです。作りたてのラードを使うんですよ」

「ラード？」

「豚の脂。だから香りもいいし、肉々しいんじゃないかな」

「なるほどね」

「それに、ここのコロッケは、じつは中身のタネがほかとはちがうんです。わかります？」

遼介は首をひねり、塩むすびを口にした。

「なかに入ってるのは、肉じゃがなんですよ」

「へえ、だからソースをかけなくてもうまいんだ」

「まあ、そこはお好みで。かけてもおいしいですけどね。それに汗をかいたあとの塩むすび。これもかなりいけるでしょ」

遼介はうなずき、早くもひとつ目のコロッケを食べ終えた。

遥翔は店の横にある自販機でサイダーを買った。

遼介は日本茶にした。

「やっぱり、炭酸飲料は控えてるんですか？」

「というか、あまり飲んだことがない」

「さすがですね」

遥翔は首をゆらした。

「そういえばさ」

遼介は気になっていたことを口にした。「なんで伊吹は、ユニフォームの背番号をドンケツの33にしたの？」

「武井君だって、ブービー賞の32じゃないですか」

「まあ、そうだけど」

「武井君こそ、どうして記入するのを最後にしたんですか？」

「それは……」

遼介は口ごもった。

「僕は、入部が一番遅かったんです。最初に走り込みをやったらしいですけど、そのときはまだ入部してなかった。だから、遠慮したというか」

「おれは、練習用のユニフォームであれ、背番号には意味があると思ってる。コーチが決めた背番号なら納得もできる。でも、よくわからない決め方だからね」

「だから、何番でもよかった？」

「いや、それならおれは一番後ろでいいと思った」

「どうしてですか？　今日、パスで組んだり、ミニゲームで対戦して、武井君がドンケツの選手じゃないことはよくわかりました。それなのに、なぜ？」

「入ってみてわかったけど、このチームでレギュラーをとるのはとてつもなくむずかしい。はっきり言って、今の自分には無理。そんな状況で実力もないのに、練習用のユニフォームだけいい番号背負ったところで、たいした意味はないだろ」

「武井君の言ってるレギュラーって、トップチームの？」

「そうだけど」

「すごいじゃないですか。フツー、そうは考えないですよ。だって、まずは一年での競争でしょ。三年生が引退してからは、二年との競争にもなるでしょうけど」

「まあ、そういうものかもしれないけど」

遼介はコロッケとおにぎりを食べ終え、ペットボトルのお茶を飲んだ。

「武井君は、どうして青嵐高校にしたんですか？」

「リョウでいいよ」

「じゃあ、こっちも下の名前でけっこうです」

遥翔は笑った。

「なんだかんだ言っても、やっぱり大きかったのはサッカー部だろうね」と遼介は答えた。

「青嵐でサッカーをやりたかった？」

「まあね。青嵐は土のグラウンドだけど、サッカーグラウンドが一面確保されてる。野球場は別にあるし、陸上部が練習する第二運動場もあるからね」

「たしかに、人工芝のピッチがある強豪の私立ほどじゃないけど、環境には恵まれてるかも。サッカー部のここ最近の成績も悪くないですし」

「それに、高校で高いレベルのサッカーをやるにしても、試合に出たかったんだ。部員数は多いけど、青嵐は公立ながら県リーグで二チームを登録している。全国を目指しているサッカー部のなかには、うまい選手だけを集めてチームを編成する学校もあるって聞いたけど、その点、文武両道の校風だし、私立のようなサッカーでの特待生制度もない。自分にもチャンスがある。そう思ったんだ」

「じゃあ、けっこう調べた上で決めたんですね。受験前に、青嵐の試合を観戦したんですか？」

「去年の秋にね」

遼介の声は急に沈んだ。

「青山君と観に行ったとか？」

「いや、巧とじゃない」

「じゃあ、だれと？」

遼介は答えなかった。

「ひょっとして女子とですか？」

「まあ、そうだけど……」

「彼女がいるんですね」

「いないよ」

「え？　もしかして、別れちゃったとか」

「ていうか……」

遼介は話を続けるか迷った。

去年の十一月中旬、遼介は、当時クラスメイトだった矢野美咲《やのみさき》とスタジアムの観客席にいた。観戦したのは、全国高校サッカー選手権大会県予選準決勝。

遼介はその日、前売り券を三枚用意していた。しかし来るはずだったもうひとりの女の子は約束の待ち合わせ場所に現れなかった。たぶん、気を利かしたつもりなのだと、美咲は言っていた。その意味はなんとなくわかった。

試合を観に行ったのは、どこかへ連れて行けと、借りのある二人に迫られて考え出した苦しまぎれの策だった。それが迷っている受験校のサッカー部の試合を生で観る絶好の機会にもなった。

対戦カードは、県立青嵐高等学校対私立の強豪、紅星学院大学付属高等学校《こうせいがくいんだいがくふぞくこうとうがっこう》。大会の優勝候補、赤のユニフォームの紅星に対して、ホリゾンブルーの青嵐は、前半から守備を固める現実的な戦術を採った。攻める紅星はボールのポゼッションでは大きく上まわったものの、ゴール前に守備のブロックを敷いた青嵐の牙城《がじょう》を崩しきれず、試合はスコアレスドローのまま後半に入った。

延長戦にもつれるかと思われた後半38分。紅星がコーナーキックを得る。Jリーグ入りが噂されるエースの蹴《け》ったボールは、大きく弧を描きファーサイドへ。そのボールを長身のセンターバックがヘディングで折り返し、最後は紅星のフォワードが倒れ込みながらのボレーシュートでゴールへ叩き込んだ。

満員に近いスタジアムに歓喜と失望の声がこだました。

そして、試合終了の笛。

青嵐が敗れたのは残念だった。しかし、見応《みごた》えのある試合でもあった。青嵐はしぶとく守り、何度か鋭いカウンター攻撃を仕掛け、赤いユニフォームのディフェンス陣をあわてさせた。

スタジアムの雰囲気は素晴らしかった。ブラスバンドの入った両校の応援席、そこから聞こえてくるJリーグさながらの声を合わせた応援歌《チャント》、緑のピッチで戦う高校生プレーヤーを見て、自分もこんな舞台でプレーしたいと強く思った。

まわりの観客が席を立ち始めてからも、遼介はピッチを眺めていた。美咲もそれにつき合ってくれた。

勝った赤いユニフォームの選手たちは、応援席の前まで走ってきて、何度も腕を突き上げていた。

ベンチ前にもどったホリゾンブルーのユニフォームの選手が天を仰ぎ、声を上げて泣いている。左腕にイエローのキャプテンマークを巻いた選手も、しきりに涙を拭《ぬぐ》っていた。

試合を終えたそんな選手たちを見つめながら、思った。

勝って笑いたい。

でも、もし敗れたら、号泣できるくらい、本気でサッカーがやりたい。

遼介の胸に熱いものがこみ上げてきた。

「おれ、青嵐でサッカーやることに決めたよ」

遼介はそう声に出した。

「じゃあ、第一志望は青嵐高校ってこと?」

美咲の声が小さくなった。「私の偏差値じゃ、無理かも」

気分が高揚していたせいかもしれない。美咲の気持ちなど考えもせず、青嵐に入ったら自分はサッカーで全国を目指したい、と遼介は口にした。そのためにサッカーに集中し、全力で打ち込むつもりだと。

「じゃあ、もう会えないかもね」

美咲はぎこちなく笑った。

その顔は、哀しげだったが、どこかふっきれたような表情にも見えた。

遼介は別々の高校へ進んでもまた会おう、とは言わなかった。それは自分の言葉と、矛盾しているように思えたからだ。

なにかを得るためには、なにかをあきらめなければならない。だれかがそう言っていた。そのあきらめなければならないなにかが、美咲との時間だと思ったわけではない。そして得られるなにかが、具体的になんであるのか、わかっているわけでもなかった。

遼介は、全国を目指すような高いレベルのチームで自分を試したかった。かといって、呼ばれもしない強豪私立に進めば、家計に負担をかけることになる。最終的に青嵐高校でサッカーを続けることを選んだのは、遼介自身だ。「サッカーで高校を選ぶのはどうなの」と綾子は眉《まゆ》をひそめたが、「やってみればいい」と耕介は背中を押してくれた。

その日、美咲とは、地元の駅の改札口で別れた。夕暮れが近く、自宅の近くまで送るつもりだったが、「ここでいい」と美咲が言ったのだ。

「今日は楽しかった」

美咲のほうから右手を差し出した。

「おれも」

遼介の握ったその手は細くやわらかかった。粉々にくだけてしまいそうで、強くは握れなかった。

「ありがとう」

美咲は言い、まるで握力を失ってしまったように、だらんと手を離した。

なにか言おうかと思ったとき、美咲はきびすを返した。

その華奢《きゃしゃ》な背中が見えなくなるまで、遼介はそこに立ち止まっていた。もし美咲が振り返ったら、あとを追いかけていたかもしれない。でも、美咲はまっすぐ歩いていった。

最後に美咲を見たのは、卒業式の日。でもその日、美咲とは言葉を交わさなかった。あの日から、美咲に避けられているような気さえした。でもきっと、美咲は遼介のことを思って距離を置こうとしたのだ。そんな美咲がいとおしくもあった。

震災のとき、心配になってケータイに電話をしたが、つながらなかった。

美咲からの連絡もなかった。

その後、遼介と同じ高校に入学した美咲の親友、あの日、約束の待ち合わせ場所に現れなかった神崎葉子《かんざきようこ》から、美咲の無事を知らされた。

そしてしばらくしてから、グラウンドを走っているときに、ネット越しに葉子が声をかけてきた。

「美咲ね、入学した高校のサッカー部のマネージャーになったんだって」

たしかに、遼介の耳にはそう聞こえた。

赤と白

夕食後、自分の部屋にもどった遼介は、ケータイに二通のメールが着信していることに気づいた。

件名〝元気にやってる？〟のメールは、中学時代のチームメイト、哲也から。

〝こちらは元気にやってます。サッカー部、けっこう人数いるよ。それに思ったよりハード。それはそうと樽井のことなんだけど、なにか聞いてる？〟

それだけだった。

でも、サッカー部に入部した哲也が、元チームメイトを気にかけていることは、じゅうぶんに伝わってきた。

もう一通は、桜ヶ丘FC、桜ヶ丘中学校サッカー部時代に世話になったコーチの木暮《こぐれ》から。

件名〝先日、ミネさんに会った〟

〝こんばんは。先日、桜ヶ丘FCの練習を見に行って、ミネさんと少し話した。遼介がグラウンドに来てくれたって喜んでたぞ。でも少し元気なかったって心配してた。樽井の件は私も気になっている。今日現在、新聞に掲載された震災の記事に、樽井の名前はないようだけど、やっぱり心配だよな。次の週末、ボランティアバスで被災地に向かう。と言っても、二日間の滞在に過ぎないけどね。どこへ派遣されるかは、その日に決まるらしい。代わりと言っちゃなんだが、遼介の分まで働いてくるつもりだ。遼介はサッカーに集中すればいい。樽井の件で、なにかわかれば連絡する。じゃあまた、グラウンドで会おう〟

遼介はケータイを閉じ、短く息をついた。
二件とも樽井を案じるメールだった。
哲也や木暮だけじゃない。きっとみんな、行動に出さないだけで気になっているのだ。
そう思うと、あたたかな気持ちが湧いてきた。
世話になった二人のコーチは、樽井だけでなく、遼介のことも気にかけてくれている。
そのことがありがたく、そして申し訳なくもあった。
木暮が被災地でのボランティア活動から帰ったら、一度挨拶《あいさつ》に行こう。
遼介はそう決めた。

初めての中間考査を一週間後に控えた週末、青嵐高校グラウンドでは、朝からピッチづくりが始まった。トップチームであるAチーム、二年生主体のBチームは、遠征試合に出払っていた。

「急に決まった試合らしいけど、今日の相手はどこよ?」

晴れた空をかきまわすようにコーナーフラッグを振りまわしながら、宮澤が言った。

「まさか、紅星じゃねえよな」

駐車場のほうから現れた赤いユニフォームの集団に、健二は目を細めている。

「ちがうな、あの赤は。紅星の赤は、ああいう赤じゃない」

巧の声がする。

「まあ、どこでもいいさ。ガチでやれるなら」

米谷がコーナーフラッグ用のペグを地面に差し込み、スパイクで何度も乱暴に踏みつけた。

試合前のミーティングの際、指揮を執る三嶋が今日の対戦相手について触れた。遠征してきたその高校は、震災の影響で今もグラウンドが使えないという。東北では地震により多くの学校が被災し、あるいはグラウンドに仮設住宅が建てられ、それまでふつうに楽しめたスポーツができない状況にある。今回来校した赤いユニフォームの高校は、東北出身の三嶋と縁のある学校のようだったが、それ以上詳しくは語らず、さっそく一本目の試合が始まろうとしていた。

青嵐一年生チームの先発メンバーには、若い背番号のユニフォームの選手が並んだ。つまりはトレセン組、春休みの練習に参加した者たちが中心だ。

一年生チームのキャプテンは、まだ正式には決まっていないはずだ。しかし練習試合でのチーム分けやポジションは、押しの強い性格の米谷を中心にして決まっていく流れができつつある。ユニフォームの背番号決めも、似たような経過だったのだろう。

このチームには、中学年代にクラブや部活でキャプテンを経験した者がかなりいる。遼介もそのひとりだが、静観していた。積極的にリーダーシップを取ろうとする米谷を評価する者がいる一方、物事を性急に自分で決めたがる傾向に、陰で不満を漏らす者も少なくなかった。

三嶋は、部員に対して細かく指示を出すタイプのコーチではなく、ある条件を与え、あとは選手に任せる場合が多い。それは、部員の自立を促すサッカー部の方針に基づいているようだ。入部当初、なにか言われなければ動けない一年生に対して、「君らは中学四年生に過ぎない」と監督が言ったのを覚えている。組織を円滑に動かすためには、各自が自立するとともに、だれかがリーダーシップを発揮する必要が出てくる。そんな成長を促そうとするコーチングでもあった。

一本目のメンバーから外れた遼介は、さっさと副審用のフラッグを手にして、ベンチとは反対側のタッチラインへと向かった。

もう一本のフラッグを握ったのは、コロッケ好きの遥翔だ。

主審となった三嶋がキックオフの笛を吹き、青嵐高校ボールで一本目が始まった。ホリゾンブルーのユニフォームのフォワードが、センターサークルの中心に置かれたボールをスパイクの先で押し出す。そのボールをもうひとりのフォワードの健二がお約束のようにインサイドキックで中盤に下げる。その幾分スピードの足りないボールを、赤いユニフォームの9番が猛然と追いかけた。

米谷は少しあわてたようだ。セイフティーに前に大きく蹴《け》り出そうとしたが、足の振りがその分大きくなり、蹴ったボールが寄せてきた小柄な9番のスパイクに引っかかってしまった。

弾んだそのボールを敵の二列目の8番がすかさず奪い、スクリーンプレーでボールと相手のあいだに自分のからだを入れる。ディフェンスラインへいったんボールをもどすと見せかけ、8番はすばやくターンして前を向く。

「やらせんな！」と米谷が叫んだ。

しかし青嵐の選手が寄せる前に、敵の8番は中央へ縦パスを通しにくる。パスの先には、敵の11番が深い位置まで走り込んでいた。

宮澤がさっと手を挙げ、タッチライン際の遼介を見た。

その手はオフサイドのアピールに映ったが、声を出さなかったのは、宮澤自身、半信半疑だったせいかもしれない。遼介は右手に握ったフラッグを腰にあてたまま、左手を前に差し出し、タッチライン沿いを走る。

――オンサイド（オフサイドはない）

というジェスチャーだ。

ファーストタッチでゴールに向かった敵の11番は、二人のセンターバックの追撃をかわそうと走る。一瞬気を抜いた宮澤はあっけなく振り切られ、もう一枚のセンターバックも途中で脱力するようにあきらめてしまった。

ドリブルで抜けだした敵の11番の斜め後ろには、米谷に圧力をかけた敵の9番が、すでにサポートに入っている。ゴールキーパーの西は前に出るタイミングを逸したのか、ゴールに張りついたままだ。11番は、9番にパスを出す振りをしてから、速いグラウンダーのシュートをゴール左隅にきっちり決めた。

身長180センチの西はうなだれ、ゴールネットに絡まったボールを味方に投げて寄こした。

油断なのか慢心なのか、なんともまずい試合への入り方と言えた。

「取り返すぞ」

米谷の声はいつになく低く、チームメイトの反応も鈍かった。

再びディフェンスラインをキープする位置にもどった副審の遼介は、相手チームの選手を観察した。

背の高い選手はそれほど多くない。ただ、どの選手も腰まわりがしっかりしている。腿《もも》の前やふくらはぎだけでなく、肩や胸部にも筋肉がついている。ピッチに立っている赤いユニフォームの選手は、自分たちと同じ一年生には見えなかった。なによりチームのまとまりと、ボールへの強い執着心を感じさせた。

赤のユニフォームはとにかく走る。前線からの追い回し《チェイシング》に中盤も連動し、ディフェンスラインも高く保たれている。そのためプレスがかかりやすい。

それに比べて青嵐のフィールドプレーヤー十人は、一人ひとりの距離が遠く、全体的に間延びしているため、プレスどころか、連係もままならない。球際の激しさも足りない。

軽率とも言えるパスミスを犯したフォワードの健二は、その後前線になかなかボールが入らず、苛立《いらだ》っている様子だ。右サイドバックで先発の機会を得た巧は、自分の持ち味であるはずの攻撃参加を自重し、自陣深くに引いている。

ゲームの流れは、変わりそうになかった。

声や身振りから、米谷はチームを全体的に押し上げたいようだ。しかしセンターバックの宮澤を中心としたディフェンスラインは、ゴール前にブロックを敷くことで、敵の攻撃に耐えようとしていた。同じ失敗をくり返したくないのだろう。裏をつかれての失点を一番警戒しているようにも見える。

敵の鋭い縦パスが再びゴール前に入る。両チームが狭いエリアでひしめき合う。球際の競り合いで青嵐の選手が倒れるが、主審を務める三嶋の笛は鳴らない。

高校生になってから戸惑ったのは、フィジカルコンタクトに関するジャッジの基準についてだ。中学時代には吹かれたであろうファウルの笛が鳴らなくなった。世界基準を意識してのことだろうか。

青嵐ゴール前でのクリアを敵にからだでブロックされ、ホリゾンブルーと赤のユニフォームが入り交じるなか、再びゴールネットが揺れた。密集地帯での蹴り合いの混戦から、ボールを押し込まれてしまった。泥臭いゴールと言えたが、1点は1点だ。

奇妙に感じたのは、赤いユニフォームの選手たちが、ゴールを決めても喜びを表さないことだ。ゴールパフォーマンスも、ガッツポーズも、ハイタッチもない。笑みも浮かべず、粛々と自陣に走ってもどっていく。

その後、青嵐は選手交代をしたが、劣勢の流れを変えられず、ゴール正面で与えたセットプレーからふいをつかれるかたちでさらに1点を献上して、一本目は終わった。


「30分で3失点ノーゴール。これが今のおまえらの実力かもな」

選手たちをベンチで迎えた三嶋が冷ややかに告げた。それほど年の離れていない三嶋は、ふだんはお兄さんコーチ的な存在でもあるが、一転して辛辣《しんらつ》な指導者に化ける。

「それとも、交流戦の練習試合じゃ、力が出せないとでも言うのか？」

その言葉に、だれも口を開かなかった。

「彼らはグラウンドを使えない。だからふだんは体育館で練習をしているそうだ。週末を利用して、ここまでサッカーをしにやって来たのは、真剣に全国を目指しているからだ。どんな想いでボールを追いかけているか、おまえらに想像できるか。相手は二年生が中心とは言え、同じ高校生。同じボールを追いかけ、同じ目標を掲げてる。それだけは忘れんなよ」

三嶋は言葉を切り、「二本目はどうする？　闘えるやつはいるか？」と問いかけた。

短い沈黙のあと、「もう一本いきます」と米谷が口を開いた。ユニフォームの背中にまで汗染みができている。

「今のメンバーでいくってこと？」

「はい、やらせてください」

米谷の眉間《みけん》のしわが深くなる。

「ちょっと待ってください」

声が上がった。「次は自分たちにいかせてください」

一歩前に出て発言したのは、一本目には出場していない、目鼻立ちのすっきりした選手だった。

それはサッカー部出身の常盤《ときわ》という選手で、身長が180センチ近くあるものの、同じセンターバックの一年のなかではそれほど突出したプレーヤーというわけではない。ただ、性格は真面目で、人当たりがよく、中学時代はキャプテンの経験もあるらしい。

米谷らとは一線を画そうとするグループのリーダー的存在でもあった。

「自分たちとは？」

まっすぐに前を向いた常盤を、三嶋は正面から見据えた。

「一本目に出られなかった部員です」

「闘えるのか？」

三嶋の言葉に、「ハイ！」とそこかしこで声が上がった。

「わかった。それじゃあ、どうするかはおまえらで話し合え。ただし、試合は30分を五本。全員に出場してもらう」

三嶋はそれだけ言うと、相手ベンチのほうへ歩いて行ってしまった。

青嵐高校サッカー部一年生は、トップチームであるAチームに一人、二年生を主体としたBチームに四人が抜擢《ばってき》されている。今ここにいる一年生チームは、彼ら五人を除いた二十八人。今日はひとりが休み、三人がケガで別メニューとなっている。

「じゃあ、こうしよう」

鼻の頭を汗で光らせた米谷が言った。「一本目に出たメンバーでひとチーム。出なかったやつらで、もうひとチーム。もしケガ人が出たら、融通し合おう」

「それって、その二チームで交互に試合をまわすってことか？」

「そういうこと。わかりやすく言えば、おれたちが一年生のA、おまえらがBってことでいいんじゃないか」

米谷の口振りはふてぶてしく、挑発のようにも聞こえた。

「ずいぶんえらそうだな、自分たちがAとかよ」

Bチームに入ることになる長身の照井《てるい》がわざと聞こえるようにつぶやいた。

「実際、そんなとこだろ」

「よく言うぜ、0―3のくせに」

「まあ、待てよ」と言って、宮澤が割って入った。「だったら、AとBとかじゃなく、赤と白でいいんじゃないか。おれたちが赤組で、おまえたちが白組ってことで、どうだ？」

小さな笑いが起こった。

「へっ」と米谷も薄笑いを口元に浮かべた。

「じゃあ、次はおれたち白の番だな。ただ、試合は五本だ。最後の一本はどうする？」

常盤は如才なく尋ねた。

「順番でいけば、五本目はおれたち赤だ」

「そんなの関係ないだろ」

「じゃあさ、それまでの成績で決めりゃあいいじゃん」と健二が言った。

「どうする？」

常盤は首をねじるようにして後ろをうかがった。

「いいんじゃね」

照井が両肩を上げ、ほかの何人かがうなずいた。

常盤を中心に、一年生白組のメンバーが集まり、さっそくポジション決めが始まった。

「まず、ゴールキーパーは、〝ムギ〟ね」

「オッケー」と答えた麦田《むぎた》は身長170センチそこそこ。キーパーとしては上背がなく、ハイボールにはどうしても弱い。しかし問題なのはむしろ気持ちのほうかもしれない。一年生にはゴールキーパーが三人いる。ひとりはBチームに所属している。麦田はそれもあって、自分が赤組の西に次ぐ第三ゴールキーパーと最初から決めてかかっている節がある。

「じゃあ、センターバック？」

「常盤と、おれだろ」

前髪を垂らした照井が言った。

照井は、常盤よりも長身だが、空中戦に強いとまでは言えない。どちらかと言えば、ムードメーカー的な存在で「わりい」が口癖でもある。親しい者からは〝テリー〟と呼ばれている。そう呼んでくれと、本人が言ったそうだ。

センターバックに続いて、両サイドバックもあっさり決まった。

「それじゃあ中盤。やりたいやつ？」

遥翔がさっと手を挙げる。

遼介もそれに続いた。すると次々に手が挙がった。

「なんだよ、じゃあフォワードは淳也《じゅんや》だけ？　だれかもうひとりいない？」

常盤がそう言ったのは、真鍋《まなべ》淳也がワントップに向かないと考えてのことだろう。小柄で華奢《きゃしゃ》な淳也本人も、おそらくそれを望んではいない。

「フォワードできる人は？」

問いかける常盤の声に反応はない。

「小野《おの》君、だれかいない？」

困った表情の常盤は助け船を求めた。

ふだんの学校生活では黒縁のメガネをかけている小野昴《すばる》は、身長160センチ足らず。このチームで一番背が低い。そのくせ顔は大人びていて、どこかアンバランスな印象を受ける。学業の成績は優秀。首席で青嵐に入学したらしい。仲間から君づけで呼ばれているのは尊敬の念ばかりではなく、からかい半分なところもあるのだろう。

「これまでの試合で、ゴールを決めた人はどうですか？」

小野君は、今はかけていないメガネを持ち上げるように、眉間に人差し指をあてた。

「だったら、白組ではリョウしかいない」

ゴールを気にするフォワードらしく、淳也が答えた。

名前が挙がった遼介は、小学生時代はずっとミッドフィルダー。主にトップ下のポジションをやってきた。中学生では、ミッドフィルダーだけでなく、フォワードも、そしてセンターバックも経験した。それらのコンバートはチーム事情によるところが大きかったが、サッカー選手としての幅を広げるよい経験になったと前向きに捉《とら》えている。しかし高校生になった今、本当の自分の居場所をはっきりさせたかった。

「リョウ、どうかな？」

遼介は迷ったが、「フォワードなら二本とも出られるよ」との常盤の誘い文句に、「ほかにいないなら」と乗っかることにした。

「よし、じゃあツートップは決まりね」

「相手は4—3—1—2でしたね」

小野君が目を細くした。

「4—4—2じゃないの？」

照井が口を挟むと、「そうとも言えますけど、中盤の四枚は横並びじゃなかった。ダイヤモンドでもない。一枚を前に置くかたちをとって、三枚は中央に絞って守備的に配置されてます。だからわかりやすく言えば、中盤は3—1になりますよね」

小野君が言うなら、という雰囲気のなか、おおかたのメンバーがうなずいた。

「だから敵の攻めは、真ん中に偏っていたようにも思います。逆に敵の中盤は、常にサイドが手薄になります。だったら、そこを突くといいんじゃないですか」

——なるほど。

遼介は話を聞きながら、小野君の言葉を頭のなかで図面に描き起こした。たしかに小野君の言う通りだ。試合開始直後の失点も3点目も、中央から崩されていた。

どうやら小野君はサッカーの戦術に詳しいようだ。チーム一小柄で非力な小野君が生き残っているのは、頭脳的なプレーによるところが大きいのかもしれない。チーム内の人材的には、面白い発見でもあった。

「じゃあ、こっちのフォーメーション、どうする？」

常盤がだれにともなく助言を求めた。

「まあ、むずかしく考えないで、まずはフラットな4―4―2でいいんじゃないですか」

小野君は基本的なフォーメーションを口にした。このあたりが、背のびをしたり、奇をてらったりしない、小野君の賢さであり、バランスの良さのような気がした。

小野君は中盤の真ん中を、レフティーの遥翔は左サイドハーフを選んだ。

ジャンケンで負けた選手は、途中交代する手筈《てはず》をとった。

敵のベンチからもどってきた三嶋には、「走り負けるな」という激励のほかは、とくに具体的な指示はもらわなかった。

試合再開前、常盤が声をかけ、青嵐の白組は円陣を組んだ。

「一本目は0―3。はっきり言って、いいとこなかったよな。それでもあいつらは、おれたちより上のつもりでいる。たしかにクラブチームの強豪に所属してたやつ、トレセンにいたやつばかり。でもおれたちだって、サッカーを続けてきたんだ。その意地を、見せてやろうぜ」

常盤の言葉に、「いいね」と照井が応《こた》えた。

「そのためには、三嶋さんが言ったように走り負けないこと。それから、まずはいいゲームの入り方をしよう。Aチームより失点を抑えようぜ」

「だからさ、おれたちBチームじゃないって。自分で認めてどうすんの」

小野君と同じく中盤のセンターを選んだ庄司が言った。

「あ、ごめん」

「頼むよ、キャプテン」

照井の軽口に、円陣のなかに笑いが起きた。

「真ん中をしっかり守りたいですね。攻めるときはサイドをうまく使う。守るときはなかにしぼって、攻めるときはワイドに開くのを意識しましょう」

小野君の言葉に、選手たちはもう一度気を引きしめた。

円陣が静かになったとき、「よし、いくぞ！」と常盤が声をかけた。

組み合った肩が揺れ、声を合わせた十一人がピッチに散る。

対戦相手は、遠征してきた東北の高校。しかしそれとは別に、部内での競争を意識することで、ピッチに立った選手たちの目の色が変わった。常盤は少し頼りなくもあるが、仲間を尊重する、優しきリーダーに映った。なによりこのメンバーには、遼介が培ってきた雑草魂を思い出させる、泥臭さがあった。

赤のユニフォームのボールで始まった二本目。キックオフの笛が鳴る。

遼介は、ボールを持った敵のプレーヤーを高い位置から追いかけ回した。言ってみれば、相手のやり方を真似したのだ。

ツートップを組んだ淳也も、遼介に触発されたのか、同じように敵のパスコースを限定させる動きを見せた。

背後から、小野君が「縦切って」とか、「一度もどって」とか、「追い切ろう」などと指示を出してくれる。具体的でわかりやすい。

現代サッカーでは、フォワードに求められる仕事は攻撃だけではない、という考え方が主流だ。ファーストディフェンダーとして、いわば守備のスイッチを入れる役目も担っている。敵がディフェンスラインでボールをまわしているとき、ボールを奪いにいくのではなく、基本的には縦パスを入れさせないようにし、あるいはパスのコースを限定させ、ボールを持っている敵のプレーヤーをサイドに追い込む。敵を追い回すチェイシングでミスを誘発させ、高い位置でボールを奪いチャンスをつくる。

試合が始まってから3分、遼介はとにかく走った。

その走りが、たとえ無駄になろうが、批判されようが、そんなことはどうでもよかった。ただ、無心でボールを追いかけてみたかった。闘う姿勢を前面に出すことこそ、今の自分には必要な気がしたからだ。

遼介が寄せた相手がパスを出す。

出されたそのボールを再び追いかけ、パスの受け手に向かっていく。

「いいぞ、リョウ。逃がすな！」

常盤の声がする。

「なか切って！」

小野君から〝中央へのコースを遮断せよ〟と指示が飛ぶ。

左サイドからしぼってきた遥翔が、遼介と敵を挟み込むようにして、自分のスパイクにボールを引っかけた。

そのボールを遼介が奪おうとするが、敵に肩をぶつけられバランスを崩してしまう。

「取り切れっ！」

今度は照井の声だ。

その通りだと思う。でも、それがなかなかむずかしい。

試合開始からしばらくは、高い位置からプレスをかけ続け、相手に自由にやらせなかった。しかし簡単にはボールを奪えず、あるいは奪ってもすぐに奪い返され、マイボールにできない。

その後、敵がシンプルにボールをディフェンスラインの裏へ蹴《け》り込んでくると、たちまちゲームが動いた。

「なか来るよ！」小野君が叫ぶ。

照井がヘディングでクリアしたボールを敵の14番がセンターサークル付近で奪い、ドリブルで攻め込んでいく。遼介は自陣にもどりながら、その14番にプレスバックを仕掛ける。敵のフォワードが一枚、常盤のマークから逃れ、前線から斜めに落ちてくる。その19番のフォワードに、14番が縦パスを入れる。ゴールに背を向けた19番は、インサイドでトラップ、ツータッチ目でゴール前に走り込もうとする14番にもどし、すばやく動き直し、ターンする。その瞬間、常盤が逆をとられた。

「あたって!」小野君が叫んだ。

遼介は敵の14番の斜め後方から右足をのばした。スパイクの先がボールに触れたあと、相手のくるぶしを削ってしまい、あわてて足を引っ込めた。14番はプレーを止めることなく、スパイクのつま先ですくうチップキックを使い、常盤の背後にボールを浮かせた。

常盤が首をねじった向こうに、ボールの軌道を読んだ19番が走り込む。胸でボールをやわらかくコントロールしてゴールに向かう。

「キーパー!」と照井が叫んだ。

19番が右足を振り抜いた。俊敏に倒れ込んだ麦田だったが、シュートはキーパーグローブに掠《かす》りもせず、ゴールネットに突き刺さった。

「くっ」と遼介は歯嚙《はが》みした。

赤いユニフォームの14番は、シュートを決めた19番とうなずき合ったあと、遼介をちらりと見た。

——甘いな。

そう言われている気がした。

「やっぱり、なかから来たね」

小野君は冷静にふり返るように声をかけてきた。

「すまん……」

遼介にしてみれば、悔いの残るプレーだった。14番に対して、足先での中途半端な寄せになり、ファウル覚悟で止めにいくことができなかった。

小野君が「あたって！」と叫んだときに、なぜ自分はもっと強くいかなかったのか。球際で厳しく闘っていれば、失点を防げたかもしれない。たとえイエローカードをもらう事態になったとしても。

あの瞬間、これは交流試合、つまり練習試合と考えた自分がいたような気がした。

その後、白組は得点を奪われなかった。小野君の指示どおり、左サイドから遥翔が何度か仕掛けたが、敵の守備を崩しきることはできなかった。スコアは0対1に終わった。


——三本目。つまりは米谷ら赤組の二本目。

試合中、遼介に悔いが残ったさっきの場面と似たようなシーンが起きた。敵に高い位置でボールを奪われ、ショートカウンターになりかけた際、米谷は躊躇《ちゅうちょ》なく敵にスライディングを仕掛け、赤いユニフォームの選手を倒した。

主審が強く笛を吹き、ゴール手前約35メートルの地点での直接フリーキックが与えられた。ファウルを受けた選手は、しばらく痛そうにしゃがみこんでいた。

「潰《つぶ》し屋みたいだね」

隣で見ていた遥翔がつぶやいた。

しかしフリーキックのピンチは、高い打点の宮澤のヘディングがクリアし、事なきを得た。

「オーケー、オーケー」

してやったりという表情で、米谷は手を叩《たた》いた。

米谷のプレーは、意図的なファウルであり、言ってみれば汚い。しかし、そのプレーがチームのピンチを救ったとも言える。

遼介にはできなかった。でもそれが、自分と米谷とのちがいであり、差なのかもしれない。練習でできないことは、本番でもできない。コーチがよく口にする言葉を思い出した。

「僕さ」と遥翔が言った。「できなかったんだよね」

唐突な言葉に、「え?」と遼介は声を漏らした。

「子供の頃、畑の仕事を手伝ってるときに、土のなかからよく虫が出てくるんだよね。カナブンの幼虫とか、わけのわからない茶色いサナギとか。害虫だから『潰せ』ってじいちゃんに言われんだけど、なかなかできなくてね。踏みつける振りして、土に埋めてごまかしてたな」

遥翔はふっと笑った。

その横顔に、同じことを感じている気がした。

赤組は無失点で試合を終えた。健二がゴールポストを直撃する惜しいミドルシュートを放ったが、結局ノーゴールに終わった。ここまでの赤組のトータルスコアは、0対3のままだ。

そして一本目は0対1の白組が迎えた二本目。無得点でも失点を1に抑えれば、ゲームには負けるが、赤組には勝つことができる。

試合が始まると、序盤こそ敵の攻撃をなんとか凌《しの》いだものの、20分過ぎにフリーキックを直接決められてしまう。そして5分後、ゴール前に放り込まれたクロスボールに対して、ディフェンダーとキーパーがお見合いをして、敵にゴールを献上してしまった。

「わりい」と照井が両手を合わせた。

声を出さなかった麦田がうつむく。

「切り替えようぜ」

常盤がチームを落ち着かせようとする。

守りに入りすぎたのかもしれない。前線で敵を追っていた遼介の足も、その頃には止まってしまった。

結局、白組もトータルスコアは、0対3に終わった。

赤白ともに完敗。

五本目をどうする、という話になりかけたとき、「最後の一本は、ごちゃまぜでいってみっぺ」と三嶋が言った。

「ごちゃまぜ、ですか？」

「いってみっぺ？」

「ああ、せっかくの交流試合だからな。向こうのチームの選手と混合チームをつくって試合をする。――出たいやつ？」

「え？」という感じで部員が固まるなか、遼介を含む十人程度が参加を申し出た。どちらかと言えば、いつもは出番の少ない白組の選手が多かった。米谷や宮澤、赤組の主力選手の手が、なぜか挙がらなかったせいかもしれない。巧もベンチに残った。今日ノーゴールの健二は、参加組にまわった。

ホリゾンブルーと赤のユニフォームの混合二チームができあがり、黄色と緑のビブスが配られ、今日五本目の最終試合はすぐに始まった。

遼介と同じチームには、健二、遥翔、常盤らが入った。

健二はコーナーキックから早々にヘディングでゴールを決め、「よっしゃあ！」と雄《お》叫《たけ》びを上げた。

遼介が出したスルーパスからの展開でゴールが決まったとき、味方になった見知らぬ選手から、「ナイスボール」と声をかけられた。

五本目のゲーム終了後、両チームの選手全員がグラウンドに集まり、向き合って整列した。

相手チームのキャプテンが号令をかけ挨拶《あいさつ》。青嵐一年生チームは、米谷が一番端に立ち、「ありがとうございました」と声を上げ、選手たちが復唱した。

お互い歩み寄って自分の前にいる選手と握手をするように、三嶋が促した。

遼介の前に立ったのは、二本目の試合中、くるぶしを削ってしまった14番の選手だった。

気まずく、自分から「すいませんでした」と遼介が声をかけると、「ああ、問題ない。あれはファウルじゃなかったんだし」と声が返ってきた。

たしかに主審は笛を吹かなかった。でもそれは、ファウルを流したのかもしれない。いずれにしても14番の選手には、ファウルをものともしない、潔さと強さを感じた。敵ながら、かっこよく、自分もこうありたいと思った。

「一年生？」と訊《き》かれ、「そうです」と答えた。

「おれは二年。がんばってな」

14番は右手を差し出し、少しだけ口元をゆるめた。

遼介はその手を握りかえした。いいかげんな握手ではなく、しっかり握り合った。

遼介が手を離したとき、14番の左の袖《そで》に縫いつけられている文字が見えた。「福島」とあった。彼らが福島県からやって来たのだと、そのとき初めて気づいた。どの赤いユニフォームの選手の左の袖にも、その地名が入っている。

挨拶を終えた選手たちは二手に分かれた。

ホームで戦った青嵐の選手たちは、グラウンド整備に使う鉄のトンボとブラシを取りに向かった。そのなかにいた遼介は、途中できびすを返し、引き揚げていく赤いユニフォームの一団を追いかけた。

「すいません」

遼介の声に、握手をした14番の選手が振り返った。

「どうした？」

「あのー、じつは人を捜してるんです。元チームメイトなんですけど」

遼介はダメもとで樽井賢一の名前を口にした。「こっちでは、小学生のとき、ディフェンダーをやってました。あまり巧《うま》くなかったですけど」

「樽井ねえ……」

14番の選手は首をひねった。

どこに住んでいたのか訊かれ、記憶している地名を答えると、一瞬、表情が曇った。

近くにいたチームメイトにも話してくれたが、樽井賢一の消息を知る者はいなかった。

「残念だけど……」

唇を一文字に結び、首を横に振った。

遼介は何度も頭を下げた。

「どうかしたの？」

心配したのか、いつのまにか遥翔が後ろに立っていた。

「いや、いいんだ」

遼介はうなずき、遥翔と一緒にもどった。

その後、福島のチームの選手もグラウンド整備を一緒に手伝ってくれた。


試合後のミーティングのあと、部室の前で、汗でからだに張りついたユニフォームを脱いだ。

「まいったなぁ、三嶋さん、マジで怒ってたもんな」

個人的にも見せ場の乏しかった照井が顔をしかめた。

「フィジカルの計画的な強化って言ってたけど、また走り込みでも始めるつもりですかね」

小野君の表情は冴《さ》えない。

「でもたしかに、足りてないよな」

常盤の視線は、照井の痩《や》せた胸板に注がれている。

「まあそうかもしれないけど、サッカーはやっぱゲームでしょ。楽しまないと」

試合中はあまり聞こえなかった麦田の声は、どこか呑気《のんき》そうだ。

「もっと試合に出たけりゃ、上に行くしかないかもな。まずはBチームに。そうすればリーグ戦に出られるチャンスもある。結果を出せば、Aチームも夢じゃない、とかね……」

試合の二本とも中盤の真ん中でプレーした庄司が声を低くした。

部員たちは自然とグループに分かれて、いつものように雑談をしながら、部室前で帰りの準備を始めた。良いところのなかった試合、あるいは試合後のミーティングの話を口にする者が多かった。

「0―3か、一本目がもったいなかったな」

今や一年生のトレセン組にうまく溶け込んでいる様子の巧が言った。

「たしかにそうだけど、言ってみれば、向こうは二年が中心だったろ。うちで言うBチーム相当だからな。おれらの二本目はスコアレスドロー。まあ、うまく修正したとも言えるんじゃない」

宮澤は前向きに捉《とら》えているようだ。

「被災地から来たって聞いて、気がゆるんじまったのかな」

健二の言葉は言い訳がましく聞こえた。

「まあ、それはあるかも。はるばる東北から来たって、試合前に聞いちゃうとな」

キーパーの西も、愛用のグローブの手入れをしながら同調した。

「おれは好きじゃないね」

黙って聞いていた米谷が口を開いた。「被災地、被災地って言うけど、こっちだって被害がなかったわけじゃない。おれんちのほうは、海に近かったから、それこそ津波だって押し寄せた。人も死んだし、家をなくした人だっている」

「けど、被害の度合いがちがうだろ」

宮澤はなだめるような口調を使った。

「そういう問題じゃない。それこそ、おれには関係ないね。あいつらが、そこに住んでた。ただそれだけのことじゃん。どこに住もうが、それは本人の問題だろ。だからおれは、あいつらに情けなんてかけなかった」

短い沈黙のあと、健二が顎《あご》をしゃくるようにして言った。「そういえば米谷、あいかわらずガツンといってたもんな」

グループの枠を超えて、小さな笑いが起きた。


チーム解散後、早めに着替えた遼介は、遥翔を誘って「肉のなるせ」に自転車で向かった。

先週は一緒に二回訪れた。教えてもらって以来、すっかり常連になってしまった。

午後二時を回った店頭に、客の姿はなく、遥翔は定番のコロッケとチキンカツに塩むすび、腹が減った遼介はコロッケとメンチカツを注文し、綾子が持たせてくれた弁当を店の前のベンチで広げた。

「じゃあ、福島に引っ越した、その〝ザル井君〟とは、まだ連絡がとれてないわけだ」

「まあね」

「そりゃあ心配だね」

遥翔の声が沈んだ。

「ただ、今日の試合で、かなりふっきれた部分もある」

遼介はそのことを認めた。

「なにが？」

「おれさ」

遼介は慎重に言葉を選んだ。「こんなときにサッカーしてていいのかなって、ずっと思ってたんだ。でも被災地から来たあの人たちだって、サッカーやってたじゃん。こんなに遠くまで来てさ。もちろん、心からは楽しめなかったかもしれない。たぶん、心に喪章を結んでプレーしてたんだと思う。だけど、だれだって本当は好きなことをやりたいんだよ。夢を追いかけたいわけだろ。そのあたりまえのことを、簡単に放棄したり、あきらめちゃいけない。一緒にサッカーやって、そう思えたんだ」

遥翔は黙って聞いていた。

「おれたちはホームグラウンドであの人たちを迎えた。そのわりには、やられすぎだな」

「たしかに、敵《かな》わなかったね」

遥翔は唇の端をぺろりと舌で舐《な》めた。

「おれたちが一年だからかな」

「それもあると思う。でも、あの人たち、巧いって言うより、強かった」

「そうだな、たしかに」

遼介はうなずいた。

彼らの強さの源《みなもと》には、今サッカーができることへの深い感謝があるような気がした。だとすれば、それは同じサッカーをする自分たちにも共有できるはずだ。

もし、悲しいことが起きなければ人は変われないというのなら、そんな不幸なことはない。悲しみや痛みを分け合い、記憶にとどめることができれば、過ちをくり返すことなく自然に笑える日が来ると、遼介は信じたかった。

「まあ、いろんな意味でスピードがちがったね」

遥翔は自分に言い聞かせるように口にした。「フィジカルもぜんぜん足りない。監督じゃないけど、まだまだおれたち、中学四年生かも」

「ほんと、そんな感じ」

遼介は、綾子の握ってくれたおにぎりをほおばった。

「今日、試合だったの?」

店のおばさんがショーケースの上の窓から声をかけてきた。

「はい、完敗でした」

遥翔があっけらかんと答えた。

「それで、あんたたち、試合には出られたのかい？」

「ええ、二人とも出るには出ましたけど……」と今度は遼介が答えた。

「だったらいいじゃないか、また次がんばれば」

さばさばとしたその声に、二人は顔を見合わせ、声を出さずに笑った。

偵察《スカウティング》

五月末から始まった高校総体サッカーの部、県一次トーナメント。Aチームが県1部リーグに所属する青嵐高校は、二回戦からの出場となった。

遼介ら一年生は会場校のグラウンドに集合し、ベンチ入りできなかったA、Bチームの部員とともに、ピッチサイドに陣取っての応援にまわった。土のグラウンドにはもちろん応援スタンドなどなく、当然立ち見だ。遼介ら一年のすぐ右側に、Bチームの部員たちの姿があった。

青嵐高校Aチームは、一回戦を勝ち上がった私立高校に対して序盤から優勢に試合を運び、前半を終わって2対0。後半早々にも追加点を決めた。

ベンチに腰を下ろしたままの青嵐高校、鶴見《つるみ》監督は、後半に入ってチームの主力三人を交代させた。明日《あした》、日曜日には三回戦が控えているせいかもしれない。

「余裕の采配《さいはい》だな」

「おれらが声張り上げて応援するまでもないか」

近くにいた二年生部員の会話が聞こえた。

「明日勝って、決勝トーナメント進出。勝負はそこからだろ」

その声は自信に満ちている。

ピッチに立っている青嵐高校イレブン、Aチームの選手は、顔を知っている程度ではほとんど交流はない。今の遼介にとって、監督と同じように、言ってみれば遠い存在でしかなかった。

とはいえ、遼介も同じサッカー部の一員であることはまちがいない。自分もタッチラインの外側ではなく、いつか内側に立ちたい。いや、遼介だけでなく、すべての外側の部員が、そう思いながらピッチを見つめているはずだ。

3対0で迎えた後半40分過ぎ、青嵐は新たに選手交代の準備に入った。すると、応援にまわった上級生たちが騒がしくなった。どうやら交代する選手に原因があるようだ。

「マジかよ」「いやー、そう来たか」などと驚きの声が上がる。

「ここでいきなり使っちゃうんだ」

「二ヶ月前は中学生だぞ。よっぽど見込まれてんだな」

羨望《せんぼう》の滲《にじ》んだ声もあった。

遼介は目を細めた。

「出てくるぞ」

巧がそばに来て耳打ちした。その低い声は、同じ一年生の出場を祝福しているようには聞こえない。

遼介はピッチサイドでスパイクのチェックを受けている交代選手を見つめた。それは一年生ながら入部当初からAチームに抜擢《ばってき》された、Jリーグ下部組織からやってきた、あの男だった。

小学生時代、いつも遼介たちの前に立ちはだかった、宿敵キッカーズの10番、中盤の司令塔だった上崎響《かみざきひびき》。小学生時代は県トレに所属し、スペイン遠征メンバーに選ばれた、いわばサッカーエリート。宮澤にとって、それに六年生の途中までキッカーズに在籍していた巧にとっては、かつてのチームメイトだ。

中学時代をJリーグの下部組織で過ごした上崎響は、おそらく遼介のことなど覚えてはいない。かつては同じピッチに立ち、戦ったライバルの背中は、ずいぶん遠ざかってしまった気がする。

「まあそうは言ってもさ、うちに来たってことは、Jの下部組織のユースに上がれなかったってことだろ」

「たしかにな。落ちてきたってわけだ」

二年生の会話が聞こえてきた。

「いや、そいつはどうかな。本当に実力のあるやつは、将来どこのクラブへも入れるように、Jのユースじゃなく、あえて高校サッカー部を選ぶ場合もあるらしいぜ。選手権で全国大会に出場して活躍すりゃあ、いやでも注目されるからな」

「けどよ、だったら、うちじゃないだろ」

「まあ、それもそうだな……」

交代した上崎響は中盤の真ん中に入った。小学生時代と同じポジション。身長は175センチくらいだろうか。健二のようながっちりした体つきではない。どちらかと言えば、痩せても見える。遼介の目には、自分と同じ高校一年生に映った。それでも上崎は早々と公式戦のピッチに立ち、遼介はピッチの外にいる。試合に出られない上級生が、羨望にとどまらず、妬《ねた》みを抱いたとしても不思議ではない。

――それほどすごいのか。

そう疑いたくもなる。

多くの部員が注目するなか、上崎響は三年生と交代し、ピッチに入った。公式戦ユニフォームの背番号は14。長めの髪を風になびかせ、周囲に目を配りながらポジションについた。

「なんか、あいつチャラくねえ？」

「衿《えり》立ててるし」

「いや、でも、かっこいい」

Bチームの先輩の会話に、遼介は思わず笑いそうになる。

たしかにサマになっている。自分はおまえらとはちがう、そんなオーラを醸しだしてもいた。

リスタートの笛が鳴り、青嵐ボールでのスローインで試合が再開された。

注目の上崎の最初のボールタッチ。味方からのグラウンダーの速いパスをトラップミスして、あっけなくボールを奪われてしまう。

「おいおい、だいじょうぶかよ」

不安げな、そしてどこかうれしそうな声がピッチサイドから上がった。

土のグラウンドでボールは不規則にバウンドしたようにも見えたが、遼介も「え？」と思ってしまった。しかし、上崎に動揺した様子はない。ただ、ボールを奪われてからの切り替えが遅い。自分がミスしたにもかかわらず、ボールを追おうとしなかった。言ってみれば一年生らしからぬプレーだ。

格下相手とはいえ、その後の上崎は落ち着いたプレーを見せた。肩の力を抜き、脱力してプレーできている。そういえば、小学生の頃もやけに落ち着いていた。上崎は気負うことなく淡々とボールをツータッチ以内で前線につなぎ、ゲームを終わらせる役目を果たした。試合はそのまま3対0で青嵐の勝利に終わった。

上崎について、巧はなにも言わなかった。

「あの人、イチネンだよね」

遥翔の言葉には、「らしいね」とだけ遼介は答えた。

「まあでも、最近は一年生チームも週末に試合が入るようになったからね」

遥翔は明るく続けた。「サッカーができるわけだから」

部員約百名の青嵐高校サッカー部に入って、約二ヶ月が過ぎた。わかったのは、一年生が全員同じ出発地点の白線に立ってスタートを切ったわけじゃない、ということ。ピッチでプレーする上崎を目にして、あらためて思った。

でも、それについてとやかく言ったところではじまらない。一年生部員といっても、さまざまだ。上崎のようなエリートもいれば、米谷みたいな上昇志向の強い者、あるいはキーパーの麦田のようにサッカーを楽しむことを強調する者もいる。

では、同じ一年生部員であるおまえはどうなんだ、と遼介は自分に問いかけてみる。

中学時代、トレセンでは自分をアピールすることがうまくいかず、中三の春にメンバーから外された。でも、あきらめたわけではなかった。青嵐サッカー部を選んだのは、全国を狙える高いレベルのチームで自分を試したかったからだ。

かつてのチームメイト、私立の新鋭・勁草学園《けいそうがくえん》に入学し寮生活を送っている鮫島琢磨は、プロのサッカー選手になることを目標に挙げた。中学生時代、上崎と同じJリーグの下部組織に入団したものの一年で退団し、その後、遼介とチームメイトになった星川良は古豪・山吹高校《やまぶきこうこう》へ進み、全国大会出場を目指している。

遼介はといえば、青嵐高校でレギュラーをとることが目標だが、今はBチームへの昇格を目指すのが現実的だ。ただ現状では、その道も険しそうだ。選手としてどうすればアピールでき、評価されるのかさえ、わからない。試合といえば、今のところ週末の練習試合だけだ。

「おれたちは明日も応援らしいね」と巧が言った。

「練習は？」

「ないらしい」

その言葉に、遼介は小さくため息をつくしかなかった。

昨日に続き好天に恵まれた日曜日、高校総体県一次トーナメント三回戦、2点をリードした青嵐は、終了間際に1点を返されたものの、2対1で逃げ切ることに成功した。この日は、セイフティーリードを奪えなかったせいか、一年生の期待の星、上崎響の出番はなかった。上崎といえども、まだ本当の意味での切り札と認められたわけではないのかもしれない。

今年のAチームは、選手権の県予選で準決勝まで進んだ昨年のチームほど力がない、と鶴見監督も認めている。チーム内に突出した個の存在は見当たらず、スタメンもそれほど固定されていない。県1部リーグでは、開幕から四試合で早くも二敗を喫している。

試合後、Bチーム二年の堀越《ほりこし》から一年生に声がかかった。決勝トーナメントの一回戦で対戦するチームの試合が午後から別会場であり、スカウティングに出かけるため、一年生からも何人か参加してほしい、との話だ。

「スカウティングって？」

麦田が首をひねった。

「ほら、敵の偵察みたいなもんだろ」と照井が言った。

青嵐のサッカー部員は、部長、副部長以外は、「グラウンド係」や「トレーニング用品係」「ユニフォーム係」など、なにかしらの係に就くことになっている。「スカウティング」もそのひとつであるらしかった。

「今日は、具体的にはなにをやるんでしょうか？」

チームメイトの陰に隠れて姿は見えなかったが、その声は背の低い小野君とわかった。

「スカウティングは、対戦相手に関する情報の収集が主な役目になるわけだけど、そのひとつに試合のビデオ撮影がある。といっても今回は、おれら二年が撮るから、やり方を覚えてほしいんだ。まあ、いわば研修だね。各学年にスカウトチームが必要だから、やってもいいという人、だれかいない？」

堀越が一年生を見まわした。

「やらせてください」

手を挙げたのは、質問をした小野君。

「ほかには？」ともう一人の先輩、五十嵐《いがらし》が首をのばす。

中学時代、それは監督の役目だったような気がする。遼介は対戦相手を意識して試合を観戦したことはあるものの、本格的なスカウティングというものは経験がない。

青嵐サッカー部では、部員がスカウティングに参加するということらしい。つまりはサッカーの分析に関わるわけだ。だから小野君は興味を示したようだ。それは自分のサッカーのためにもなる気が、遼介はした。

どうせ今日はこのあと練習はない。

「行ってみる？」

隣にいた遥翔に目配せする。小さくうなずくのを確認し、二人も参加を決めた。

試合会場へは電車で移動することになった。交通費は、部から後日支給されるという。

二年生は堀越と五十嵐の二人。顔は知っていたが、これまで挨拶《あいさつ》以外の言葉を交わしたことはない。一年生は小野君と遼介と遥翔の三人。

小柄で人当たりのよさそうな堀越は、黒い大きめのリュックサックを背負っている。どうやらそのなかにビデオカメラなどの機材が入っているようだ。

「これも持っていくんですか？」

遼介が尋ねると、「大事な道具なんだな、これが」と五十嵐が答えた。

背の高い五十嵐が手にしているのは折りたたみ式の脚立だ。アルミ製らしく軽そうだが、三段の梯子《はしご》の上にステップがついている。

「なるほど、この上から撮影するわけですね」

メガネをかけた小野君がうなずく。

「そうなんだ。少しでも上からの絵が撮りたいからね」と堀越が答えた。

まるでこれから映画の撮影にでも行くみたいで、なんだか妙な感じだ。そういえば堀越も五十嵐もサッカー部というより、文化系の部活が似合いそうな雰囲気でもある。日に焼けているが、どこかおっとりしていて、からだの線が細い。

「撮影したビデオは、どのように使うんですか？」

移動中の車内で、吊革《つりかわ》にようやくつかまっている小野君が尋ねた。

「今回のビデオは、コーチが観て、相手の戦術や戦力の分析をするんだと思う。これから観に行く試合は、たぶん馬橋工業《まばしこうぎょう》が勝つ。馬橋は県2部リーグながら、今のところリーグ戦は四試合負けなし。でもって、うちとは最近対戦していない。もしかしたら、ビデオの一部をベンチ入りメンバーに観せるかもね。でも、おれらの仕事は、なにも対戦する相手の試合だけを撮影するわけじゃない。うちのトップチームの公式戦はすべてビデオに収めてる」

「へえー、全試合ですか」

「そう、敵の分析だけじゃなく、自分のチームも分析してる。だからスカウティングのスタッフは、それなりに必要になるってわけ」

「なるほど」

小野君はうなずき、さらに質問した。「監督とは、スカウティングの件で直接話したりするんですか？」

「するよ。体育教官室にビデオを渡しに行ったときにね。監督はかなり気配りの人だからね。お疲れさんって必ず声をかけてくれるし、時にはおれらの感想も聞いてくれる。そういう意味じゃ、この仕事をやってると、監督と話す機会に恵まれるよね。おれらの名前と顔をわりと早く覚えてくれたのも、スカウティングのおかげかもな」

　堀越と五十嵐は顔を見合わせ、うなずき合った。

「へえー、そうなんですか」

　初めて聞く部類の話だ。

「鶴見監督って、どんな人ですか？」

　今度は遥翔が尋ねた。

「んー、そうだな」

　五十嵐が車窓に流れる風景を背にして答える。「見た目は穏やかそうだけど、ひとことで言えば、こわい人かな」

「そうなんですか？」

「すごくよく見てるんだよ、サッカー部全体のことを。もちろん、部員一人ひとりのこともね。それって、なかなかできることじゃないでしょ」

「でも、一年の試合なんて、まったく見に来ませんよ」

　小野君の声が少々不満げになる。

「監督は基本的にはAチームの試合しかベンチに入らないはず。でも、試合のビデオはすべて観るらしい」

「というと、Bチームの試合もですか？」

「撮ってあればね」

「Bチームも県リーグがありますもんね」

「そりゃまあ、一年の場合はしかたないだろ。うちは言ってみれば三つのチームを動かしてる。トップチーム、Bチーム、それに一年生チーム。コーチングスタッフは限られているからね。でも、あの二人はツーカーだからな」

「あの二人って？」

「鶴見監督と三嶋さんだよ」

　今度は堀越が答えた。「ただ、おれが思うに、監督は見ているところがちがう気がする」

「と言うのは？」

「去年のことだけどさ。おれらから見たら、すげえと思える三年生がいたんだ。でも、公式戦にはほとんど出場できなかった。あいつが出てれば、なんて言ってた先輩もいた。でもベンチには入るけど、最後の試合もピッチには結局立てなかった」

「どうしてですかね？」

「それがよくわからないんだ」

「練習をサボってたとか？」

「それはない。そうなら、ベンチにも入れないさ。ちなみに、テストで赤点取ったら、練習にも参加できなくなるからな」

「それはマズイ、試験勉強しなくちゃ」と遥翔があわてた。

「いつだったかな、チームで問題があったとき、監督が言ってたよ。サッカーは人間がやるスポーツだ。だからこそ、人間性が大事だって」

「元〝マンU〟のファーガソン監督の言葉に似てますね」

小野君はメガネのツルに指をかけて続けた。「『戦術は重要だが、戦術が試合に勝つわけではない。人間が試合に勝つのだ』」

「へえー、たしかに鶴見監督が言いそうだな」

五十嵐が笑った。

「ところで、堀越先輩たちは、Bチームの試合には出てるんですか？」

「なにげなく鋭いところ突いてくるなぁ」

「いえ、そんなつもりじゃ……」

小野君は頭を掻《か》いた。

「そうね、おれらは二年だけど、正直Bチームのサブ組かな」

五十嵐がさばさばと答えた。「Bチームは今年から県3部リーグに昇格したんだけど、約三十人いる。一年生も入ってきたし、Aチームから落ちてくる人もいる。Bチームとしては2部昇格を目指しているから、公式戦ともなれば、おれも〝ゴシ〟も、ベンチに入ったり入れなかったりで、なかなかピッチに立てない。あきらめたわけじゃないけど、正直厳しい立場でもある」

「Bチームでもそうですか……」

「そりゃあ、Aチームだって同じさ。練習試合なら、出場機会は与えられる。でも公式戦となれば、出られない三年生も大勢いる。そういう先輩がおれらと一緒に応援にまわっているの見たら、なにも言えないでしょ。おれは青嵐のサッカー好きだし、だからこういう役目でも楽しんでる。結局はさ、チームで戦うわけだから」

堀越は少し照れくさそうに笑った。

午後二時過ぎ、試合会場である馬橋工業高校に五人は到着した。

グラウンドは青嵐とよく似た、水はけのよさそうな砂地。それほど広くなく、おそらく野球部とシェアするように使っているのだろう。グラウンドのほぼ真ん中に引かれたタッチライン沿いに、本部席らしいテントと両軍のベンチがあり、その向こうに野球用のバックネットが見える。

堀越と五十嵐は、さっそく撮影する場所を確保するために動き出した。基本は、ベンチとは反対側、観戦者サイドのハーフウェーライン付近が絶好のポイントらしい。しかし公道に面したそちらサイドは、背の高い柳が等間隔に生えていて、スペースは限られていそうだ。

「あそこは使っちゃいけないんですかね？」

小野君が絶好ポイントにあたる場所にある、鉄パイプで組んだ構造物を指さした。

「ああ、あそこね。たしかにあの上で撮れたら最高だよ」

「ですよね」

「あれ、なんだかわかる？」

「なんでしょう？　できそこないの秘密基地みたいですけど」

「スカウティング用のやぐらだよ」

「じゃあ、ビデオ撮影するために、わざわざ建てたわけですか」

「サッカーの強豪校のグラウンドには大抵ある。撮影のためだけじゃなく、試合や練習を俯瞰《ふかん》するためにもね。でも、考えてみてよ。ここは次にうちと対戦するだろう敵さんのホームグラウンドだぜ。使わせてくれると思うか？」

「そりゃあ、無茶ですね」

「けど、青嵐のグラウンドには、あんなのありませんよね」と遼介が尋ねた。

「うちは野球場との境に小山があるだろ。あそこを使って撮影するんだ。そのために、わざわざ土を盛ったって話だよ」

「そうでしたか」

「じゃあ、ここにしよう」

　堀越が立ち止まったのは、ピッチを挟んで、ベンチがほぼ正面にくる位置。両側に並んだ柳がつくる木陰には、まばらながら選手の保護者らしき観戦者の姿があった。

　すでにピッチでは両チームによる試合前のアップが始まっている。時折、乾いたグラウンドに舞い上がった砂ぼこりが風で流されてきた。

「ボールが飛んできたら、しっかりガードしてね」

脚立の上に長身の五十嵐が立ち、三脚に取りつけたビデオカメラを構えた。

遼介ら一年は、そのまわりを囲むようにして立った。同じチームカラーのポロシャツにハーフパンツ姿は、かなり目立っている気がした。

するとしばらくしてサングラスをかけた中年の男が近づいてきて、「どこのサッカー部？」と声をかけてきた。

「え……」と小野君は言葉に詰まった。

「こんにちは、青嵐高校です」

堀越がすかさず明るい声で答えた。

「てことは、今日勝ったんだね」

「はい、おかげさまで」

「そうかそうか……」

堀越は男に尋ねられたスコアを教え、丁寧に応対した。

「あそこに2対1だと辛勝で、不安が残るね。まあ、せいぜい偵察がんばって」

サングラスの男はニヤリとして離れていった。

「なんか感じ悪いですね」と遥翔がつぶやいた。

「まあ、スカウティングってのは、そういう仕事でもある」

脚立の上から、五十嵐が苦笑いを見せた。

堀越から簡単に撮影方法の説明があった。基本的に撮影は二人で行う。一人がビデオカメラを回す。寄りすぎず、ボールを中心にしながらも、なるべく試合の流れがわかるようにズームを調整し、固定する。そしてもう一人は肉眼で試合を観ながら、必要に応じてカメラにつないだマイクで、状況説明を入れていく。たとえばゴールやアシスト、選手交代などを簡潔に背番号で説明する。カメラがとらえていないベンチの様子なども声で解説する。以前は、どちらのチームの何番が何番にパスを通した、ということまで声入れしていたが、今はやらなくなったそうだ。とはいえ、かなり集中して試合を観なくてはならない。

「うへ、マズイかも」

試合開始直前になって、堀越が肩をすくめた。

いつのまにか左手に同じウェア姿の五十人を超える集団が移動してきた。見れば、「MABASHI」と入った練習着を身につけている。黄色のメガホンを手にしている者もいた。

整列すると、さっそく校歌を歌い始め、その声はかなり大きい。

「やりにくいな」

五十嵐がつぶやくと、「気にしない、気にしない」と堀越が笑い返した。

いよいよ試合が始まり、撮影開始。

脚立の上に立った五十嵐は黙ったまま、カメラに集中している。時折、堀越がぼそぼそとピンマイクにつぶやいた。

予想どおり序盤から白地に黒の縦縞《たてじま》の馬橋工業が試合を支配する展開になった。

「なかなかやるな」

「かなりフィジカル強そうに見えるね」

遼介と遥翔は声を落として話した。

試合開始10分、撮影地点の近くでアクシデントが起きた。

馬橋工業の選手がパスを出したあと、ファウルを受けたように見えたが、主審の笛は鳴らず、そのまま試合は続行された。

応援団からは抗議の声がすかさず飛んだ。

プレーが途切れたあと、イエローカードや注意が与えられるかと思ったが、どうやら主審は気づいていなかったようだ。

「馬橋7番、アフターで後ろから足を刈られたようです。救護入りました。かなり痛そうです」

堀越がピンマイクにつぶやいている。「今、×のサイン出ました」

しかしホームの勢いもあってか、その後、馬橋工業は2ゴールを決め、失点を許さず、危な気なく決勝トーナメント進出を決めた。

「ま、来た甲斐《かい》があったってとこかな」

五十嵐は試合が終わるなり、敵地に長居は無用と言わんばかりに撤収の準備を始めた。

「お疲れ。どうだった？」

堀越の言葉に、「勉強になりました」と小野君は朗らかに答えた。

「まあ、機会は必ず来るからさ、そのときはよろしくね」

「ところで、このあとの分析はどうするんですか？」

「分析はコーチに任せてる。感想は伝えるけどね」

「じゃあ、ビデオは観ないんですか？」

「ちゃんと撮れてるか確認したら、ビデオカメラごと監督に渡すんだ。月曜日の朝に体育教官室に持ってく」

「なるほど……」

小野君は、その点についてはもの足りなそうな表情を浮かべた。

「武井はどうだった？」

「はい。なんていうか、戦いはもうここから始まってるんだなって感じました」

「そうなんだよ、その通り。ピッチに立てなくても、言ってみればおれらも戦ってるわけ」

脚立を畳んだ五十嵐がうれしそうに口元をゆるめた。

「そういうことになりますよね」

遼介は調子を合わせたが、自分としてはやはりピッチに立ちたい。

「このビデオカメラ、だれのなんですか？」

小野君の質問には、「部の持ち物だけど」と堀越が答えた。

「じゃあ、一年が試合をするときも使えますかね？」

「と思うけど、一年が出る大会って言ったら、夏にある『ルーキーズ杯』くらいかな」

『ルーキーズ杯』ですか？」

遼介が尋ね返した。

「そう、おれらも出たよ。一年生部員全員で参加するんだ」

「全員で？」

小野君が訝《いぶか》しげな顔で言う。「でも、Aチームに入ってる上崎君なんかは出ませんよね」

「いや、出ると思うよ。Bチームにいる一年も、そのときはそっちに行くんだ。『ルーキーズ杯』ってのは、一年生を対象にした大会だから」

「へー、そんなのあるんだ」

「まあ、毎年恒例の大会のはずだからね。そのあたりで、また大きく変わるぞ」

「と言いますのは？」

「その頃には、今やってる総体の県予選は終わってるだろ。一区切りつくわけだ。つまりサッカー部のやめ時でもあるわけ」

「けど、まだ選手権がありますよね？」

「たしかにあるけど、選手権のピッチに立てそうかどうかは、本人が一番わかるもんでしょ。出られそうもない三年生の多くは引退する。てことは、それによってチーム内での動きが活発になるってことだろ」

その話を聞いて、一年生三人は黙ってうなずいた。

「もちろん一番大きく動くのは、選手権のあと、新チームに移行するときだけどね」

五十嵐が補足した。

「じゃあ、僕らにとっては、まずはそのルーキーズ杯が、上のチームに上がるチャンスってことですか？」

「ああ、そう思うよ。一年の場合は、その時期Bチームに上がれるか。二年のおれらにとっては、Aチームに上がれるか、だな。飛び級する一年もいるかもしれない。でもな、落ちてくやつもなかにはいるんだ」

堀越は、最後は声を落とした。

「なるほど、参考になるね」

遥翔は静かに相槌《あいづち》を打った。

晴天に恵まれたこの週末、一度もボールを蹴《け》らなかった。

タッチラインの外側のサッカーは、正直、心から楽しいとは思えない。

自分がピッチに立ってこそ、サッカーだ。

声は、ピッチの上で嗄《か》らしたい。

汗は、ボールを追って流したい。

でも、遼介は今日ここへ来て良かったと思った。

サッカーで勝つためには、それ相応の準備が必要であり、ある意味では、試合開始のホイッスルが鳴る前から、勝負は始まっている。そのことを強く意識できた。そして青嵐サッカー部の先輩、監督にも少しだけ近づけたような気がした。

紅白戦

「兄ちゃん、起きろ。大変だぞ！」

その朝、遼介は、桜ヶ丘FCでサッカーをやっている勇介の大声で目を覚ました。

寝ぼけ眼で見たテレビには、金色の紙吹雪のなか、トロフィーを掲げるなでしこジャパンの姿が映っていた。

「どうした？」

「どうしたじゃないよ、優勝だよ。ワールドカップ優勝！」

「そうなの……」

「男より女子のほうが強いんじゃん」

テレビ画面を見つめる遼介に、中学校の部活でソフトボールを始めた由佳が言った。

「負けられんぞ、兄ちゃん」

こうしてはいられないと言わんばかりに、勇介は練習着に着替え始めた。

二〇一一年七月十八日、海の日。女子ワールドカップ・決勝、なでしこジャパンはPK戦の末、アメリカを下し、大会初優勝に輝いた。東日本大震災から約四ヶ月後、暗いニュースが続くこの国をサッカーが勇気づけてくれた。

「さあ、早く食べなさい」

綾子の声がした。テーブルの上には、すでに朝食の準備が整い、味噌汁《みそしる》から湯気が上がっている。

「父さんは？」

遼介が尋ねると、「今日は仕事。長いあいだ休んでたからね、休みだって働いてもらわなくちゃ」と綾子の声が返ってきた。その声は、もう沈んではいなかった。

遼介はあたたかな朝食を食べながら、今サッカーができることに感謝した。

部活でも、なでしこジャパンの話で持ちきりだった。

「延長後半、コーナーキックから澤《さわ》が右足アウトで合わせた同点ゴール。思わず叫んじゃった」

遥翔が赤い目をこすった。

「なでしこ、ほんと最後まであきらめないよね」

小野君も興奮気味だ。

高校総体県予選において、青嵐高校サッカー部は、遼介らがスカウティングを行った馬橋工業を1対0で見事破った。しかし、迎えた決勝トーナメント二回戦であえなく敗退。ベスト8に終わってしまった。試合後、全部員を集めた鶴見は、チームの力不足を認め、次につなげるよう淡々と話した。

大会敗退後、何人かの三年生が引退したと聞いた。

一方、青嵐高校サッカー部一年生は、八月開催のルーキーズ杯に例年通り参加することが決まり、コーチの三嶋の口から、すでに部員たちに周知されていた。

「ルーキーズ杯」は、今年で五回目を迎える十六歳以下の大会、青葉市《あおばし》サッカー協会《きょうかい》が中心となって開催している。参加チームは二十四チーム。青葉市内のサッカー部、ユースクラブのほか、市外からもチームが招待される。六ブロックに分かれて予選リーグを戦い、その後、ブロック順位ごとのトーナメントが行われる。

公式戦の出場機会が少ない遼介ら一年生にとって、待ちわびた大会でもあった。

しかし参加にあたって、部内では思いがけない問題が起きた。それは参加するチーム編成についてだ。ルーキーズ杯に青嵐サッカー部として参加できるのは一チームのみ。けれど部員数が多いため、大会には例年二チームを編成して臨み、一試合ごとにチームごと交換して出場するという。そのチーム分けを自分たちで決めるよう、コーチの三嶋が部員たちに求めたのだ。

ポジション別に戦力をなるべく均等に分けようという意見があるなか、これまでの練習試合通り、赤組と白組のままでいいという意見が大半を占めた。赤組は、なかには巧のような例外もいたが、中学時代にトレセンに所属した者でほとんどがクラブチーム出身者。白組は、トレセン経験者もいるが、中体連のサッカー部出身者がほとんどだ。

「そのほうが、おれらもやりやすいんじゃね」

白組の照井は、仲間に同意を求めた。

「けどさ、もし白組が負けたら、大会の順位にも影響するわけだろ。赤組の連中に、なに言われるかわからないよね」

白組のゴールキーパー、麦田の言葉は弱気だ。

「それ、あり得るかも」

「やめようぜ、やる前から負けるとか言うの」

照井がやんわり釘《くぎ》を刺した。

「大会は三日間に渡りますからね」

発言したのは小野君。「初日と二日目は二試合ずつ。決勝トーナメントで勝ち進めば、三日目も二試合になります。だからこそ、二チーム編成にするわけですよね」

「三日間で六試合は、さすがにキツイよな」

今や白組キャプテンと認められた常盤が重たげに口を開いた。

遼介は口には出さなかったけれど、二チームと言っても、それは青嵐サッカー部にほかならず、つまりチームはひとつなのに、と違和感を覚えた。そう考えられていないことこそが、一年生全体の問題であるような気がした。

「そういえば、上崎君とか、上のチームにいる一年生も参加するんじゃなかったっけ」

思い出したように遥翔が言った。

「どうやら、そうらしい」

常盤は言葉を選ぶように答えた。「まあでも、おれらが心配することないよ。そこは、三嶋さんに任せればいいんじゃないかな」

「あいつら、どう思ってんのかね」

照井が目配せをして、同じように集まって話している赤組の様子をうかがった。

赤組は米谷を中心に車座になっている。おそらく似たような進展の乏しい議論をしているのだろう。大会まで一ヶ月を切っていることを思うと、ため息が漏れそうだ。


その日の練習後、遼介は巧に声をかけられた。巧は、今や赤組の一員として定着しているかに見える。それもあってか、最近話す機会が減ってきた。

「ちょっといいかな」

笑いかける巧の顔は、いつになく表情が硬かった。

「どうかした？」

遼介はそのことが気になったが、巧は背中を向け、グラウンドの奥へずんずんと歩いていく。ついて行くしかなさそうだ。

先日、堀越が言っていた野球場との境にある小山近くまで来たとき、ようやく巧は立ち止まった。近くにほかの部員はいない。

「じつはさ、トレード話が持ち上がってるんだ」

巧は顔だけひねって唐突に切り出した。

「トレード？」

「ああ、AチームとBチームとのあいだでさ」

「それって、赤組と白組のことでいいんだよな？」

「そうそう、そうだったな」

巧はからだをこちらに向け、なにかを企《たくら》んでいるように口元をゆるめた。

赤組に所属する者にとって、本音では、赤組はAチーム、白組はBチームであるらしかった。仲間内では、ふだんそう呼んでいるのかもしれない。そういう意味では、巧もすっかり赤組に染まってしまった。

「遼介にとって、わるい話じゃないと思う」

「どういうこと？」

「赤組に三宅《みやけ》っているじゃん」

「三宅って、フォワードだよな」

「そう。といっても、からだがデカイわけじゃないし、センターフォワード・タイプじゃない。それでも本人は前線のポジションにこだわってる。知っての通り三宅は太り気味だし、試合では結果が出せず、評価が高いとは言えない。そんなわけで、最近出番も減ってる」

「今、評価って言ったけど、それって、いったいだれの評価なわけ？」

「それは……」

口ごもる巧を、遼介は待つことにした。

巧はしばらく考え、口を開いた。

「たとえば健二は、遼介のほうが、やりやすいって言ってる。フォワードっていうか、遼介がトップ下に入ったらおもしろいって。だからつまり、遼介にその気があれば、三宅とトレードしようって」

「それって、おれと三宅を交換するってことだよな。健二が言いだしたのか？」

「健二だけじゃない。おれもそう思うし」

「でもそれって……」

今度は遼介が言葉に詰まる番になった。

その話は、自分に一定の評価を与えてくれているわけで、遼介としてはうれしくもあった。しかし、はいそれじゃあ、と話に乗るわけにもいかない気がした。

遼介の目から見ても、赤組のほうが、正直、個人のレベルは白組よりも高い。とくに技術面ではそう感じることが多々ある。赤組に自己主張が強く個性の強いプレーヤーが多いのは、選手としてそれなりの実績を持ち、自信があるせいかもしれない。とはいえ外から見ればチームはバラバラで、まとまりがないようにも映る。チーム内での競争が激しいせいか、練習試合の最中に怒鳴り合っていることさえある。

それに比べて白組は、走れる選手はいるけれど、技術は粗削りなタイプが多い。そこはチームワークで補っているためか、赤組よりもチームとしてのまとまりを感じる。練習試合の出場時間については、全員で平等になるようにシェアしているため、不満の声もなく、言ってみれば仲がいい。コミュニケーションもとれているように感じる。ただ、どこかで赤組に引け目を感じているのか、自信なげな部分がある。

そんな二つのチームを象徴しているのは、やはりチームを率いているキャプテンかもしれなかった。

赤組キャプテンは、より上を目指そうと声を上げる、激情家の米谷。

白組キャプテンは、チームワークを強調する、温厚で規律正しい常盤。

「ただ、遼介が来ても、試合にどれくらい出場できるかは、わからない」

しびれを切らしたように巧が言った。

「どういうこと?」

「たぶん、白組より出場機会は減るんじゃないか」

それはつまり、遼介より試合に出るべき選手が赤組に存在するということなのだろう。

遼介にとっては、おもしろい話ではなかった。

「悪いけど、おれはやめとくよ」

その答えを聞いて、巧はふっと笑った。

「なんだよ、その笑い?」

「健二が言ってたよ。たぶんこの話をしても、あいつは乗ってこないって」

「え？」

「なあ、遼介、おれは思うんだけどさ、このサッカー部で上に行くためには、〝いい人〟じゃ無理なんじゃないか」

巧は顔をそむけながら言った。

「それって、もしかしておれのこと？」

遼介の言葉に、巧はうなずいてから答えた。「おれは五十人いた部員が減っていく段階で学んだよ。生き残るためなら、ずるくなるのもひとつの手段だって。バカ正直に言われるままにやって、潰《つぶ》されるのはゴメンだからね。それでも一年だけで、二チーム以上の数の部員が今もいるんだ。そのなかでレギュラーをつかむためには、そういうことも必要だとふつうに思えるようになった。遼介はいつもフェアで、それが遼介でもあるんだと思うけど、そういうのは……」

そこで巧は言葉を切った。

――もう通用しない。

そう言いたいのだろう。

「たしかにサッカーは団体競技だ」と巧は言った。「チームとして強くならなければならない。でもチームを構成しているのは一人ひとりの個人だ。ピッチに立てるのは十一人。その十一人に入らなければ、努力したところでなにも始まらない。おれが思ったのは、へたくそといくらボールを蹴《け》っても、自分がへただとわからないってこと。うまいやつのなかに入れば、自分になにが足りないのか気づける。よりうまい選手とチームを組んで上を目指す。そういう環境が必要なんだよ。そのためのチームメイトとして遼介を候補に選んだ。それだけだよ」

　おそらく巧が言ったことは、米谷の考えであり、言ってみれば赤組のチームコンセプトなのだろう。怖いくらい前向きでもあった。しかし遼介には、このサッカー部にへたくそなんていない、そうも思えた。全力で戦い合えば、それほど力の差なんてない。さも力の差があるように、だれかが幻想を抱かせているだけのような気がした。そんな居丈高な幻想には簡単に屈服するつもりはないし、してはいけない。

「ただね」

　巧は話を続けた。「単に引き抜くのは問題があるだろうから、トレードというかたちにしたわけだ。白組には、フォワードが足りないだろ。じつは、キャプテン同士での話は、すでについてる。常盤は、遼介が望むなら、しかたないって」

「話はそこまで進んでるのか」

「あいかわらず、呑気《のんき》だな」

「でも、三宅の気持ちは？」

　遼介の問いかけに、巧はため息で返した。「だから、そういう問題じゃないんだよ。三宅は中学時代、市トレの選手だった。でも今は、赤組では通用しない。そう判断されたんだ。一度落ちて、這《は》い上がってくるしかない」

巧は、中学時代、一度もトレセンには呼ばれなかった。そのことは悔しかったはずだ。それでも今は、トレセン経験者ばかりの赤組のなかで、自分の居場所をつかんだ。それには、巧なりの努力や工夫があったのだろう。

赤組の主力選手に自分から近づき、へつらうことや、自分を売り込むこともしたはずだ。そうやって練習用ユニフォームといえども、良い背番号を手にした。それは遼介がしなかった種類の努力だ。そう考えることもできた。

「おれは遼介にとってチャンスだと思ったから、この役を引き受けた。でも無理強いをするつもりはない」

「じゃあ、おれが自分で決めればいいいってことか？」

「まあ、そういうことだな」

「でもそれじゃあ、裏切り者になる気がする」

遼介は首を横に振った。

乾いたグラウンドにつむじ風が起こった。突風は、砂ぼこりを巻き上げながら地表をさまよい、やがてどこかへ消えてしまった。

練習後のグラウンドをだれかが走っている。そのなかには、さっき名前が出た三宅の姿もあった。たしかにからだが重たそうだ。おそらく三宅も気づいているのだろう。赤組における、自分の危うい立場に――。

「おれも上を目指してる」

遼介はわざと口に出した。「でも、自分が納得したやり方で上がっていくつもりだ」

「じゃあ、この話はなかったことで、ほんとにいいんだな？」

巧は冷めた声で言った。

「ありがたく思う部分もある。けど、なんかちがう気がする」

「そうか」

巧は視線を落とした。「さっきの話だけどさ。おれは上に行くためなら、裏切り者になってもいい。そう思ったよ」

遼介は黙って巧を見つめた。

そのどこか暗い目つきは、冗談を言っているようには見えなかった。


土曜日、練習前のミーティング。連絡事項の周知のあと、三嶋からルーキーズ杯について話があった。そのなかで、大会には赤組と白組の二チームで臨むことが確認された。三嶋は、参加する一年生で決めたのだからそれでいいとし、出るからには優勝を目指そうと激励した。また、上のカテゴリーにいる一年生が大会前に合流する話をつけ加えた。

「じゃあ、今日は紅白戦でもやっぺ」

いつものようにアップをすませたところで、とつぜん三嶋が言い出し、小さなどよめきが起きた。これまで赤組と白組が直接対戦したことはない。三嶋は、このタイミングでやる目的は、赤白両チームの活性化だと告げた。

「言うまでもなく、紅白戦と言っても真剣勝負だ。ルーキーズ杯も目前に迫っている。両チームの実力を見せてもらうには、いい機会だ。それから、勝ったチームには、ある権利を与える」

ある権利とは？　ひょっとして、ルーキーズ杯の試合に関することだろうか。

しかし、三嶋はまったく別の話を始めた。

「おまえら、トランプの〝大富豪〟知ってっか？」

戸惑いながらも、全員の首が縦に揺れる。

「まあ、あれと同じ要領だ」

今度は大半の首が横に傾いた。

「つまり勝ったチーム、富豪となったチームは、負けたチームから、好きなカードをもらうことができる。カードとは選手だ。負けたほうは、勝ったチームが指名した選手を二人差し出さなければならない。その代わり勝ったほうは、試合で貢献の低かった選手を二人、負けチームに放出する」

「二人も」

「それって……」

三嶋は笑っていたが、部員たちの顔はこわばっていた。

このコーチ、本気で言っているのか、という雰囲気が漂った。

もちろん、勝てばチームの戦力補強につながる。負ければ、主力を二人持っていかれるわけで、かなりの痛手だ。三嶋はチームの活性化と言ったが、必ずしもチームが良い方向に転がるとは限らない。求められた選手はまだしも、チームから放出された選手が気持ちを切り替えるのはむずかしい作業になるはずだ。

「このゲーム、かなり残酷じゃね」

照井が肩をすくめる。

「でも、これってチャンスでもあるよね」

遥翔は隣にいる遼介にだけ聞こえる声でささやいた。

「え？」

「だって、赤組にいけるかもよ」

遥翔が口にした言葉にハッとした。

白組の部員は、表向きには赤組のことを良くは言わない。でも、ひょっとしたら、遥翔の言葉が白組の部員たちの本音を表しているのかもしれない。遥翔は、親しくしている遼介だから漏らしたのだろう。一見おとなしそうだが、強い野心の持ち主なのかもしれなかった。

赤組にいくことがチャンスであるならば、遼介はその機会を自ら手放したことになる。そのことはだれにも話していなかったが、心がざわついた。

「よし、じゃあ、さっそく始めっぺ」

三嶋はわざとらしく手を叩《たた》き、やけに明るい声を出した。

午前九時半、空は晴れ、気温は早くも三十度に達した。関東地方は、五月下旬に梅雨入りしたものの今年は雨が少なく、すでに梅雨明けが宣言されている。とはいえ、空気はカラッとしているわけではなく、海のほうから吹く風は肌に重たく、やけに生ぬるかった。

赤組と白組、それぞれのチームカラーのビブスを着用したフィールドプレーヤー、そしてキーパーがピッチの中央に集まって整列した。

このところ、平日の練習はボールを使わないフィジカル系トレーニングが続いている。火曜日は、学校から海まで走り、砂浜で足腰を鍛えるメニューを行う。再び学校まで遠回りで走って帰る往復距離は、約10キロ。水、木、金は、練習前に大きな輪になって、体幹トレーニング。そして練習の最後の12分間走では、時間内に3000メートル走ることを求められた。

そんな日が続いていたこともあり、遼介のからだは疲れをため込んでいた。それでも試合ができることは素直にうれしかった。

対戦相手と向かい合って並べば、赤組のほうが、平均身長で白組を上まわっていることは明らかだ。からだの厚みは個人差があるが、どちらかと言えば白組のほうが薄っぺらい。白組のなかでは身長のある照井にしても、同じセンターバックの赤組宮澤には体幹の太さでは敵《かな》わない。

挨拶《あいさつ》のあと、白組スターティングメンバーは円陣を組んだ。他校との練習試合よりも、輪のなかには緊張感が漂っている。

キャプテンの常盤はいつもより言葉数が多かった。その分、話は散漫になった。この試合に負ければ、赤組は公然と自分たちをAチームと名乗り、白組をBチームと呼ぶだろう、と警戒していた。要するに、これはプライドを懸けた戦いであり、絶対に負けられない、そういうことが、言いたいらしい。

もちろん、遼介にしてもそんな真似はさせたくない。ただ、この試合の目的はなんであるのか、そのことを考えてもいた。

小学校中学校とチームではキャプテンを務めてきた遼介だが、高校の部活では、上に立つ役まわりは避けようと決めていた。これからは他人ではなく、自分の世話を焼きたかったからだ。入部してみれば、その心配はなさそうだと気づいた。部員には、中学時代キャプテンだった者が少なくない。そんな自身の経歴を、所属したチームの成績と共にひけらかす者もいた。そんななか遼介は多くを語らなかった。リーダーシップは、肩書きによって発揮するものではない。そう信じてもいたから。

「いくぞっ」

「――おうっ」

常盤が短く掛け声をかけ、チームメイトが声を合わせた。

円陣が解かれ、いよいよキックオフ。遼介は白組で出場機会の多いフォワードのポジションに入った。

赤組ボールでのキックオフ。センターサークルには、藪崎健二とツートップを組む、速水俊太《はやみしゅんた》がいる。遼介とのトレード要員として名前が挙がったフォワードの三宅は、どうやらベンチスタートのようだ。

速水俊太は、いかにもスピードのありそうな名前だ。実際一年生のなかで一番足が速い。春のスポーツテストの50メートル走では六秒フラット。テクニックよりも、スピードで勝負する、わかりやすい武器の持ち主と言えた。これまでの練習試合では健二を上まわるゴールを決め、一年生チームでは最もゴールネットを揺らしている。

「テリー！　俊太マーク！」

常盤が、照井に叫ぶ。

試合が始まると、白組センターバックの常盤と照井は、そのスピードスターに手を焼くことになった。俊太はオフ・ザ・ボール――ボールを持っていない場面での動きまでもが敏捷《びんしょう》な上に読みにくい。それほど背が高くない分重心が低く、逆に上背のある二人にとって、やりにくそうだ。

翻弄《ほんろう》される味方のディフェンス陣を目にして、俊太のような特徴ある選手が白組にもいてくれたら、と思わずにはいられなかった。白組には、もうひとつ決定力に欠ける淳也以外フォワード希望者がおらず、そのため遼介が引き受けているが、前線の駒不足は疑う余地がない。

ただここへ来て、ドンケツの背番号33、伊吹遥翔の動きが目に見えてよくなってきている。遥翔自身、「からだのキレがもどってきた」と自信をのぞかせた。左足で独特のリズムを刻むドリブラーは、ボールを持てる中盤の選手が少ない白組にとって、貴重なカードと言えた。

そんな遥翔が、前半10分過ぎにさっそく魅《み》せた。左サイドで味方からのパスを受け、くるりとターン、ドリブルで縦に仕掛けていく。対峙《たいじ》したのは赤組の右サイドバックの巧。ボール保持者である遥翔のパスコースをワンサイドカットで限定しようとするが、ズルズルと下がってしまう。遥翔はタッチライン沿いにボールを動かし、常に巧の届きそうで届かない位置にボールを置くことができている。

「やらせんな！」

米谷の声がグラウンドに響いた。

その声が焦りを誘ったのか、巧が間合いを詰め、アプローチをかけた。遥翔はそれを待っていたかのように、左足でボールを鋭く右に持ちだし、なかに切れ込もうとする。逆をとられた巧はバランスを崩しながら、白のビブスに手をのばす。

――が、遥翔はその手を振り切ってゴールに向かった。

遥翔のドリブル突破を阻止したのは、カバーに入った米谷。容赦のないスライディングにボールもろとも遥翔は弾《はじ》き飛ばされ、砂塵《さじん》が舞う。

「おいっ」と照井が声を尖《とが》らせた。

同時に、主審を務める三嶋の笛が鳴り、一瞬グラウンドが険悪な空気に包まれる。

米谷は、ジェスチャーでタックルしたのはボールとアピールするが、まちがいなく確信犯だ。すぐに何食わぬ顔で守備へと切り替え、味方を鼓舞した。ボールを長い時間保持する、ドリブラータイプの選手を、まるで天敵のように嫌っているプレーでもあった。

「テリー、落ち着け」

怒りを露《あら》わにする照井に対し、常盤が感情を抑えるよう両手でポーズをとった。味方がやられたら黙っていられない、そんな照井を頼もしく感じる反面、冷静に戦え、と遼介は自分に言い聞かせた。

遥翔は「来る」と察知していたのか、うまく転んでケガはなかったようだ。すでに立ち上がっている。

白組に、直接ゴールを狙える位置でのフリーキックが与えられた。ペナルティーエリアの外、中央やや左寄り、ゴールまで約25メートル。

「五枚、五枚！」

赤組キーパー、長身の西が右手のキーパーグローブを開いて、壁を作る人数を指示する。

セットされたボールの前には、白組の数人が集まってきた。いずれもキックに自信を持つ者たちだ。遼介もそのなかにいた。

しかし遥翔がボールを自ら置き直すことで、自分が蹴《け》る意思を示した。それを見たほかのキッカー候補はボールから離れ、ゴール前へと移動していく。

遼介だけが自分の判断で、左足キッカーの遥翔の横にとどまった。左右二人のキッカーがボールの前に立つことにより、守備側の集中は分散されるからだ。とくにキーパーを牽制《けんせい》するのが狙いだ。基本的な戦術と言えるが、これまで白組では徹底されていなかった。

セットプレー、コーナーキックやフリーキックからの得点は、すべてのゴールの30パーセントを占めると聞いている。試合の勝敗を分けるプレーと言っても過言ではない。観戦者が流れのなかからのゴールにどれだけ価値を見いだそうが、1ゴールは1ゴール。サッカーでは、残念ながら〝芸術点〟は加算されない。

ではこれまで白組がセットプレーを生かしきれていたかと言えば、そうとは言えない。先輩と一緒に行ったスカウティング以降、自宅のビデオカメラを持ち出して一年の練習試合の撮影を始めた小野君は、赤組、白組共に改善の余地があると断言していた。たしかに、セットプレーから失点した苦い記憶は残っているものの、ゴールを奪ったシーンは覚えがない。

並んだ赤組の壁の枚数は五枚。センターバックの宮澤を筆頭に、健二ら長身選手が肩を寄せ、大事な心臓と急所を手と腕で守っている。その壁の隙間に、照井がにらみを利かせながら割り込もうとして、もみ合いが起きる。これも心理戦のひとつと言っていい。照井は、照井のやり方で戦っている。

「レフェリー、壁の位置、修正してください」

壁の近くに立った常盤が、手を挙げて抗議した。敵の五人が並んで立っている位置は、規定の9・15メートルより明らかにボールに近い。

主審の三嶋の指示で壁は1メートル離れた。しかし足のついている壁は、じりじりとボールに再び近づいてくる。そういうずるがしこさを赤組の選手は共有している。

「レフェリー、近いですよ」

常盤がまた抗議する。

壁付近のもみ合いは続いていたが、主審の笛が鳴った。

遼介は、遥翔を見た。遥翔は目を合わせようとしない。その毅然《きぜん》とした態度で、自分で蹴ると確信した。

遼介がダミーの動きをとる前に、遥翔がゆっくりとボールに近づいていく。キーパーの西は、力みのない遥翔の動きに、蹴ってくるとは思わなかったようだ。もう一度ボールを置き直すとでも思ったのか、沈めていた姿勢を一瞬ゆるめてしまった。すばやくキックモーションに入った遥翔は右手を振り上げ、右足をボールの横に踏み込み、左足インサイドで軸足に巻き込むように振り抜いた。

五枚の壁が一斉にジャンプする。

しかしボールはその頭上を越えていく。

――高いか。

と思った途端、鋭く曲がりながら落ちる。

キーパーの西が見送ったボールは、ゴール左上隅に吸い込まれた。足の裏が地面に張りついたようにその場から一歩も動けなかった。

あっけにとられたのは、西だけではなかった。ボールの行方を追った五枚の壁も、味方までもが立ちつくしている。遥翔のキックは、それくらい完璧《かんぺき》にして、美しかった。

「どうだ、こらーっ！」

静寂を破るように、照井が大声を張り上げた。まるで自分が決めたように。

「ナイスキック」

遼介は、喜びを爆発させないレフティーの肩を叩《たた》いた。

「サンキュー」

遥翔は、はにかみながらうなずいた。

おそらくマグレではない。ドリブルだけでなく、フリーキックのセンスも、遥翔は併せ持っている。ロングボールを蹴り合う練習の際、左足の非凡さには気づいていたが、キックの精度はかなりのものだ。ここにも自分の明確な武器を持っている者がいた。白組にとっては、思いがけない発見と言えそうだ。

失点につながるファウルを犯した米谷は乾いたグラウンドに唾《つば》を吐き、「取り返すぞ」とだれにともなく声をかけた。そのファウルのきっかけを作ってしまった巧の表情は硬い。

その後も左サイドの遥翔を起点として、白組は何度か攻撃を仕掛けた。ようやくここへきて、チームの連係ができつつあった。声も出ている。とくに白組は、個人技よりも、チームワークを生かしたコンビネーションプレーで局面を打開する場面が増えてきた。

それなのに先制点を奪った勢いに乗り、流れのなかでのチャンスを決めきることができない。遼介が絡んで作った絶好のチャンスでも、ツートップを組んだ淳也のシュートは枠を外してしまった。

パスが集まるようになった遥翔へのマークが厳しさを増し、徐々に赤組にペースを握られていく。

後半に入ると、赤組のボール支配率はさらに高まった。かつてのワールドカップの予選で、アジアの弱小国が自陣に立て籠《こ》もり日本代表と戦うような構図になった。もちろん、敵の赤組が日本で、必死に耐えているのが遼介ら白組だ。

選手交代の影響があったかもしれない。白組は、実力主義の赤組と異なり、基本的には全員の出場時間がほぼ均等になるように選手交代を調整している。そのため、どうしても後半に戦力が落ちる傾向にある。なかでも、それまで中盤の要《かなめ》となっていた遥翔の交代が響いた。

前半、小野君は、野球場との境にある小山の上からビデオを撮影していた。その小野君が、遥翔のポジションで出場。後半、遥翔が撮影を引き継いだ。

遥翔と小野君では、当然プレースタイルがちがう。遥翔はボールを持つ傾向にあるが、小野君はダイレクトや少ないタッチ数でのプレーを好む。遥翔の役割をこなせる者がいなくなったピッチで、チームは前半と同じサッカーをやろうとしている。ボールの収まりどころを失い、中盤で時間《タメ》がつくれず、徐々にディフェンスラインは下がってしまった。

高さのある選手の揃う赤組は、空中戦で勝利し、セカンドボールを拾い続ける。遼介にしても、宮澤との競り合いになかなか勝てない。局面局面で生まれる一対一の攻防では、フィジカルやテクニック、個の力で赤組に圧倒されるシーンが目立った。

後半17分、味方ディフェンスラインは、警戒していた俊太にラインブレイクを許してしまう。抜かれたあとの照井の動きがひどく緩慢に映り、見る見るうちに俊太との距離が遠のく。キーパーの麦田との一対一。俊太は冷静に同点弾を決めた。

それまでの俊太の裏への仕掛けがボディーブローのように効いていたのだろう。くり返しマークに走らされた照井の足は止まってしまっていた。ゴールを奪われた直後、めずらしく常盤は両脚をのばして座り込んだ。攣《つ》ったのか、太腿《ふともも》の筋肉を気にする仕草を見せた。

しかしそこからピンチが続いたものの、常盤と照井を中心にディフェンス陣がなんとか踏ん張り、ゴールを許さなかった。苛立《いらだ》つ健二が強引にミドルシュートを放つが、ゴールの枠を捉《とら》えきれない。

赤組のボールはよく動いている。だがそれは白組が守るゴール前のブロックの外側での話だ。赤組は、まるでアジアでの戦いに苦しむ、日本代表のようでもあった。決めきれないフォワードに向かって米谷がなにか言ったのか、「うるせえ！」と健二が怒鳴り返す場面もあった。

赤組は、強いが脆《もろ》い。そんな印象を受けた。

遼介は自分の判断で中盤にポジションを落とし、守りに奔走した。試合終了間際には、勝つことよりも、このまま終わらせることを意識してプレーするしかなかった。

「結局、1対1の引き分けか」

試合後、部員を集めた三嶋は不満そうな表情を浮かべて続けた。「引き分けでなにも変わらないのはつまらんよな。じゃあ、こうしよう。それぞれのチーム、二名ずつを交換する。一名は、相手チームの欲しい選手を指名できる。もう一名は、相手の指名ではなく、自分たちのチームから放出する選手を選べ」

どうやら三嶋はなんとしてもチームに変化をもたらしたいようだ。

試合を終えた部員たちは口をつぐんだ。

「さあ、どうする？」

「それって、むずかしくないですか？」と常盤が発言した。

「なにが？」

「相手チームから必要な選手を選ぶのはできますけど、チーム内から必要ない選手を選ぶというのは……」

「おれはなにも、不要な選手とは言ってないよ。チームを構成するにあたって、プラスとなる人選をすればいいんじゃないか。そのことがむずかしいか。自分たちで話し合って判断できないか。もちろん、おまえらはプロじゃない。だから、解雇通告をするわけじゃない。部内でチームを移ってプレーするだけの話だ。チーム内での自分の評価や立ち位置を知ることは、本人にとって無意味ではない、とおれは思う。ここは、仲良しクラブじゃないからな」

三嶋の説明には、だれも声を上げなかった。

「じゃあ、話し合え」

時間を与えられ、チームごとに集まった。

白組は、まず欲しい選手から選ぶことになった。しかし活発な議論には程遠い。欲しい選手のあとには、そうではない選手の話が待っているからだ。安易な言葉や冗談を口にする者もいない。

「もらうとすれば、白組に足りない人材だと思うけど、どう？」

常盤が問いかけるが、反応は鈍い。

「ポジションで言えば、前のほうじゃないかな」

常盤自身が言葉を継ぐ。

再び沈黙。

「まあ、今日の試合の結果を見れば、そうだろうな。最小失点に抑えたわけだから」

照井が口を開いた。

「ところで向こうは、どう考えてるんですかね」

小野君が首をかしげた。

「どうって？」

「こっちのだれを欲しがるんでしょう。それによって、そのポジションが手薄になる可能性もあるわけじゃないですか」

——なるほど、と白組のメンバーは顔を見合わせるようにした。

「そのことなんだけど、じつは少し前に赤組から話があったんだ」と常盤が言った。

「話って？」

「なんだかその話が、今日の紅白戦につながってる気がしてならない。選手をトレードしないかって、赤組から持ちかけられた」

「トレードって、カードゲームじゃないんだからさ」と麦田がぼやく。

「で？」

「赤組のある選手と、白組のある選手を交換しないかって話だった。それがお互いのチームのためになるだろうって」

「チームの活性化ってことなら、三嶋さんの言ってることと同じだね」

「たぶん米谷が、三嶋さんに話したんだと思う。おれに持ちかけてきたあとに」

「その話、どうなったの？」

「流れた、と思う。というのは、向こうが望んだ白組の選手が断ってくれたから」

「えらい！」と照井。「それで今日の練習試合になったとすれば、向こうが欲しいのは、そいつに決まってるじゃん」

「たしかにそうだ」

「だれなの？」

「それは……」常盤は口ごもった。

「いいじゃん、断ってくれたんだろ、表彰もんだよ」

照井が髪の毛を両手で後ろに撫《な》でつけた。

「言っていいかな？」

常盤の目が、遼介をとらえた。

「ちょっと待って」

制止したのは、小野君だった。「その前に、はっきりさせておこうよ」

「なにを？」

「選手の入れ替えについてだけど、これはコーチが決めたことだし、言ってみれば今後もあり得るわけだよね。自分たちで、自分たちを評価するってやり方が。だったら、部内でチームを変わることを、否定的に考えるのはどうかと思う。白組にとどまることが正義みたいに言うのは、ちがうんじゃないかな」

小野君の口調は穏やかだったが、舌鋒《ぜっぽう》鋭く、「仲良しクラブじゃない」と言った三嶋の言葉に通じるものがあった。

再びチームに沈黙が降りかけた。

「おれだよ」

遼介はわざと明るい調子で打ち明けた。「赤組に来ないかって誘われた。フォワードの三宅と交換で」

「やっぱ、リョウだったのか」

照井は舌を鳴らした。

「そう、おれ」

「でもそれって、チャンスでもあったじゃん」

麦田の声には残念そうな響きがあった。「正直、向こうのほうがレベル高いでしょ」

「簡単に認めんなよ」

照井がにらんだが、麦田は無視して続けた。「僕だって、正直赤組のゴールを守りたい気持ちはある。でも向こうには身長180センチの西君がいるわけで、自分が行っても試合には出られない。だからこっちでプレーするしかない。それが現実だよ。けど、可能性がある人は、チャレンジすべきだと思う。だから赤組に行くことで、その人を非難するつもりはない」

遥翔がコクリとうなずいた。

「まあ、それはそうかもな……」

常盤の声が小さくなる。

「もちろん、白組も負けてはいられない。だからこそ、この補強は大事になる。だったら、うまく利用すべきじゃない」

小野君の前向きな意見に、皆うなずいた。

「たしかに、三宅にとっては、そのほうがよかったかもな。だってこっちに来れば、もっと試合に出られるじゃん」

ポジションのかぶらない庄司の意見だ。

「じゃあ、どうする？　今回は、拒否できないわけだろ」

「そりゃあそうでしょ。三嶋さんが言ってるんだから。だとすれば、残念だけどリョウが指名され出て行き、三宅が来る可能性が高い。だったら、こっちはだれを指名する？」

具体的なチームの方向性が見え、白組メンバーの顔色が変わった。

「三宅はたしかにフォワードだよ。でも、赤組にはもっといいフォワードがいるよな」

照井の言葉に、全員がうなずいた。

得点力不足の白組は、赤組から欲しい選手を、フォワードの藪崎健二と速水俊太の二人に絞った。中体連の大会で活躍した健二を知る者が白組には多かった。一方、クラブチーム出身の俊太をよく知る者はいない。しかし多数決により選ばれたカードは、遼介も手を挙げた〝スピードスター〟速水俊太のほうだった。

「じゃあ、次、放出選手に話を移そう」

常盤《ときわ》は緊張を振り払うように咳払《せきばら》いをして、チームメイトの意見を待った。

時間が正午に迫り、三嶋が赤組と白組をグラウンドに再度集めた。ネットフェンスの向こう側には、午後からの練習に参加するBチームの先輩たちの姿が増えてきた。

「それじゃあ、獲得希望選手から発表してくれ。まずは白組から」

三嶋はそう言うと、両腕を組んだ。

前列に立った常盤が前に出て、「白組は、フォワードの速水俊太を指名します」と言った。

赤組にざわめきが起こる。「やっぱりそうきたか」とか、「そんなのありかよ」という不満げな声のなか、本人の俊太はうつむいている。

「指名した理由は？」

「理由ですか？」

常盤は質問を予期していなかったのか、少し間を置いて答えた。「まず白組は、今日の試合でもそうでしたが、決定力が不足してます。そのため、赤組で結果を残している速水を選ばせてもらいました」

三嶋はうなずき、「じゃあ、赤組」と顎《あご》をしゃくるようにした。

米谷はあからさまなため息をついたあと話しはじめた。「赤組は、かなり迷いました。というのも、白組から獲得したい選手候補は限られているからです。正直、赤組の主力選手、たとえば俊太に匹敵する選手がいるかと言えば疑問です。だからこのやり方は、あまり公平とは思えません」

「――米谷」

三嶋が話を遮った。「今、そういうことは訊《き》いてねえぞ。名前を発表してくれ」

遼介の位置から、米谷の顔は見えない。でもそのとき浮かべたであろう表情は想像がついた。

米谷は「じゃあ、そうします」と不服そうな声で答えた。

遼介は、赤組キャプテンの声が、自分の名前を呼ぶ瞬間を待った。前回のトレード話は断ったが、今回は行かざるを得ない。赤組のなかでなら、今とはちがう自分の役割があるような気もしていた。

しかし、米谷が指名したのは、遼介ではなかった。

「伊吹遥翔をもらいます」

今度は白組が色めき立つ番だった。「おいおい」とか、「話がちがうじゃん」などの声が漏れる。

「理由は？」

「悔しいですが、今日の試合、伊吹のフリーキックによって引き分けという結果に終わりました。おれたちからゴールを奪った。それがすべてです」

米谷は言葉通り苦々しげに話した。

「じゃあ、続いて放出する選手を一名ずつ」

三嶋の淡々とした声が言った。

白組では、赤組に行きたい者をまず募った。しかしだれの手も挙がらなかった。面と向かって問われ、白組より赤組がいいとはさすがに言いにくいだろう。求められるのではなく、放出というかたちで行く者がどのように扱われるのかも予想がつかない。

しかたなく、現在ケガのリハビリ中で戦力外にある選手に出て行ってもらうことになった。気の毒な気はしたが、大会前でもあり、本人も了承したための選択だ。多くの者は麦田同様、自分が赤組で通用するとは思っていない。

部員たちが押し黙るなか、赤組は予想通り、放出選手として三宅恵司《けいじ》を選んだ。

自分の名前が呼ばれた三宅は、「なんの取り柄もないふつつか者ですが、よろしくお願いします」と張りのある太い声で歌うように言った。厚い唇には笑みを浮かべている。

緊張したその場の雰囲気が一変し、拍手と笑いが起こった。

「ようこそ白組へ」

照井が言うと、「アッザース」と三宅はぺこりと頭を下げた。

チームから放出された三宅だったが、その気丈な明るさに救われた気がした。ほとんど交流がなかった遼介は、少々太り気味のフォワードの意外な一面を見た気がしたし、まだまだ部員の一人ひとりについて知らないことを自覚した。

「また、やっぺ」

最後に三嶋は、決着のつかなかった紅白戦を大会前にもう一度行うことを告げ、チームは解散した。


「三宅君、笑いとってたね」

肩からバッグを提げた小野君が言った。そのバッグのなかには、今日の紅白戦の映像が録画されたビデオカメラが入っている。一年生の試合の記録係を買って出た小野君は、どうやらスカウティングにはまっている様子だ。

「ていうか、笑うしかなかったんじゃない」

好物のコロッケを左手に、思い出したように遥翔が笑みを浮かべる。「覚悟はできてたって言ってたし、せいせいしたって感じでもあったよね」

遼介の目にも、たしかにそう映った。

「だけど考えてみれば、白組にとってよい補強になったんじゃないかな。もちろん、遥翔を持っていかれたのは、かなりの痛手だけど」

小野君の言葉に、「かもしれないね」と遥翔自身がうなずいた。

白組は、俊敏性に長《た》けた速水俊太、出場機会の少なかった三宅恵司、二人の即戦力フォワードを手に入れた。これによってフォワードのポジション争いが起こり、遼介のポジションにも影響を与える可能性が出てきた。いや、個人だけでなく、チーム自体が変わるかもしれない。

「でも、どうして赤組は、リョウを指名しなかったんだろ。今日の遥翔のフリーキックは、たしかに強烈なインパクトがあったけど」

そのことは、遼介自身、ずっと気になっていた。今日の試合に関して言えば、劣勢の白組のフォワードということもあり、前線ではあまりボールに絡めなかった。とくに相手に押し込まれた後半は守備にまわる時間が長くなり、自分でも納得していない。だが、ハードワークはしたつもりだ。

今になって思えば、空いているフォワードのポジションを安易に引き受けたことは考えものだった。赤組が評価したのは、二列目のプレーヤーとしての自分のような気がした。

中学時代、さまざまなポジションをこなした。それがチームのためだと考えたからだ。しかしその分、特定のポジションのスペシャリストになりきれなかった。そこにも巧が指摘したように、自分の甘さがあったのだろうか。

「たぶんだけどさ、やっぱ、赤組のプライドでしょ」と遥翔が言った。

「プライド？」

「あの人たち、そこは譲らなそうじゃん。一度チームに入るのを拒んだ選手を、採ろうとはしないんじゃないかな」

「なるほど。じゃあ、次の紅白戦でも、リョウは指名されないってこと」

「どうだろう、そこまではよくわからないけど」

遥翔は言葉を濁した。

店の前のベンチに座った二人の会話を聞きながら、遼介は自動販売機の取り出し口に落ちてきたペットボトルをつかんだ。部活が終わったあと、今日は三人で「肉のなるせ」に寄り道した。スカウティングに一緒に行って以来、小野君も加わり、この店に来る機会が増えた。

「がんばれよ、遥翔。赤組でレギュラーとらないとな」

遼介はベンチの端に腰かけた。

「まかしとけって、言いたいけど……」

遥翔の返事は控え目だった。

「なに弱気になってんの。今の遥翔なら、向こうでもじゅうぶんやっていけるよ」

小野君がけしかけた。

「もともとさ、サッカーができればそれでいい。そう思ってたんだ。でも、ほんとにそれだけでいいのかなって、最近思い始めて……」

「ふうん」と小野君が鼻を鳴らした。

遼介には、遥翔の言わんとすることが、なんとなくわかった。それに近い感情が生まれたのは、あの震災がきっかけだった気がする。今朝も家族といるときに、サッカーができることに感謝した。

「そういえばさ、米谷のファウル、だいじょうぶだった？」

小野君が思い出したように言った。

「やられたときは、冷やっとしたけどね」

「あれは危険だよ。あんなずるいやつが赤組のキャプテンとはね、遥翔に同情するよ。そうは言っても、あっちは米谷が牛耳ってるみたいだからね。遥翔の立場だと、うまくやるしかないのかな」

「さあ、どうかな」

遥翔は首をかしげた。「あの人、そんなにリーダーシップあるのかな。ちょっと買い被《かぶ》りすぎじゃない」

その冷ややかな言葉は、どこか上から目線のようにも思え、不思議と耳に残った。なにかを予言しているようにも、遼介には聞こえたからだ。

「三嶋さん、もう一度紅白戦をやるって言ってたよね。それって、上崎君たちがどっちのチームに入るかも大きいよね」

小野君が話題を変えた。

たしかにその通りだ。上のチームに所属している一年生は、上崎響を含めて五人。キーパーが一名、フィールドプレーヤーが四名いる。大会に出場するのは二チームとはいえ、彼ら五名が加われば、ルーキーズ杯に臨む一年生のレギュラー争いが熾烈《しれつ》になるのは必至だ。

「スカウティングに行ったとき、一年生の場合、この大会でアピールをしてBチームに上がれるかどうかだって、堀越先輩が言ってたよね」

小野君が思い出した言葉は、遼介も覚えていた。インターハイが終わり、先輩の一部が引退し、チームが変わるタイミングだと話してくれた。

「チャンスにしないとね」

遥翔が嚙《か》みしめるように言った。

だが、チャンスを逃せば、失格のレッテルが貼られ、部内で昇格するのは、ますます困難になるはずだ。遼介にすれば、今の状況では、それほどチャンスがあるとも思えなかった。

胸のあたりに、もやもやとした息苦しさを感じ、ペットボトルのお茶を喉《のど》に流し込んだ。それはコロッケを三つ食べた胸やけではなく、チームでのアピールがなかなかうまくいかない自分自身への苛立《いらだ》ちのせいかもしれない。

――〝いい人〟じゃ無理なんじゃないか。

顔をそむけて言った、巧の言葉を思い出した。

自分のやり方は、まちがっているのだろうか。

そんな疑問というか、迷いが、心の片隅にいつまでもあった。

遼介は、赤組で新たなチャレンジを始める遥翔の横顔を見つめた。その顔は静かな闘志と自信に満ちている。

今日の試合をきっかけに、遥翔はチャンスをつかもうとしている。そんな予感がした。しかし、もしかしたらそれは、自分が手放してしまったチャンスなのかもしれなかった。そのとき初めて、遥翔もまた自分のライバルのひとりであることを遼介は強く意識した。それは今日、遼介ではなく、遥翔が赤組に選ばれたことからもはっきりした。

遼介は視線をそらし、なにげなく空を見上げた。いつのまにか雲が増えていたが、まだ日は高く、どうやら雨の心配はなさそうだ。

「それじゃあ家に帰って、試合のビデオでも観るかな」

小野君が楽しそうにベンチから立ち上がった。


その日の帰り道、遼介はひさしぶりにかつてのホームグラウンドへ自転車で向かった。被災地へボランティアに向かうと、木暮がメールをくれたのは五月だった。その後、会いに行こうと思いながら、ついつい先延ばしにしてしまった。

そんな遼介を、桜ヶ丘FCの練習後のグラウンドのベンチで、木暮はいつものように迎えてくれた。

「背高くなったたな」

「やっと171センチになりました」

「それに腰まわりにも肉がついてきたかな。体重は？」

「59キロです」

「そうか。まあ、上半身は、まだまだ厚みが足りないけどな」

木暮は日に焼けた顔に、白い歯をのぞかせた。

小学中学時代、指導してもらったコーチに、自分の成長を指摘されることは照れくさい。でも、うれしくもあった。

「遅くなりましたが、メールありがとうございました」

かしこまった遼介に、木暮は震災後、ボランティアバスで二度、被災地に入った話を聞かせてくれた。「たいしたことはできなかった」と無力感を滲《にじ》ませたが、街クラブのボランティアコーチとして週末を費やす木暮にとって、その行いはそれほど容易なことではなかったはずだ。

二度目の東北訪問時、木暮は瓦礫《がれき》の撤去作業中に誤って古釘《くぎ》を踏み、ケガを負った。ボランティアセンターでの治療の結果、午後からの参加は医者に止められてしまったらしい。

「まったく、情けねえ話だよ。おれなんかより年とった人たちが、汗水垂らしているっていうのに」

悔しそうに話す木暮に、遼介は言葉がなかった。自分はなにもしていない。その想いが、からだの奥のほうから立ち昇ってきた。

「ところで、サッカー部のほうはどうなんだ」

遼介がここへ足を運んだのは、たぶんその話をしたかったからだ。その気持ちに素直に従い、チーム内での今の立場を正直に話した。一年生のなかではポジションも定まらず、いわばBチームに相当する白組に所属していること。ルーキーズ杯を前に紅白戦が行われ、チームのメンバーの入れ替えがあったが、じゅうぶんなアピールができず、その対象になれなかったこと。

「なるほどな」

木暮は穏やかな表情のままうなずいた。

「なんていうか、よくわからないやり方なんですよ」

トランプの〝大富豪〟をたとえにした紅白戦での選手の入れ替えについて、遼介は不満を漏らした。

「まあ、世の中にはいろんなコーチがいるし、いろんなやり方があるだろう。でも、そこにはきっと狙いがあるんじゃないか」

「そうですかね」

遼介は半信半疑だった。

「ところで、巧はどうしてる？　おれとしては、あいつを心配してたんだけどな」

巧はうまくやってます。そう答えるわけにもいかず、「赤組のサイドバックです」と答えた。

「そうか……。じゃあ、中学時代の経験は、生きてるってことかな」

「かもしれません」

遼介は、微妙に変わってしまった巧との関係について、詳しく触れようとはしなかった。

「そういえば、彼も青嵐に入ったって聞いたぞ。ほら、キッカーズの10番」

「上崎響のことですよね。あいつは、このあいだのインターハイの予選で、途中から試合に出場しました」

「たいしたもんだな」

木暮の言葉に、黙ってうなずくしかなかった。

「まあでも、勝負はこれからだ」

その言葉は、これまで何度も自分に言い聞かせてきた。だから安易にうなずくことはしたくなかった。

どうすれば上崎に追いつけるのか、その方法はまったく見えてこない。

今になって、自分の選択が正しかったのか、自信が持てなくなった。小学中学時代と常にチームの中心にいた遼介だったが、県内全域から選手が集まる強豪サッカー部では、正直勝手がちがう。入部する以前に、選手の序列がついていた気がする。このままでは上に行けそうもない。というより、そもそも上の世界がどうなっているのかも、よくわからない。チームのなかで、自分の存在がこんなにも希薄になったのは初めての経験だ。

——あいつらは、どうしてるだろう。

ふと、そのことが気になった。かつては、このグラウンドで同じユニフォームを着てプレーしていたチームメイトたち。なかでも、インターハイ準決勝まで進んだ勁草学園から誘いを受けて入った鮫島琢磨、同じくベスト8に進出した山吹高校の星川良。三人でだれかひとりでもプロになれたら、そう話した盟友とも言える友人でありライバル。しかし卒業後は、一切連絡を取り合っていない。

木暮ならなにか知っているかもしれない。そう思ったが、遼介からは尋ねなかった。同じようにチームで苦しい立場にいるとは限らない。気にはなるが、二人の話を聞く気にはなれなかった。

「遼介にとって、ルーキーズ杯はチャンスじゃないか」

「だといいんですが」

「そう思えないのか?」

木暮の声が低くなった。

「青嵐は部員も多く、言ってみればチームがいくつもに分かれてます。トップチームであるAチーム、Bチーム、それから一年生チーム。さらに一年生のなかでも二チームに。それぞれのカテゴリーにコーチはいるんですが、評価のされ方は今ひとつよくわかりません。トップチームの監督もBチームのコーチも、一年生の試合を観に来ることはありませんから」

「けど、上崎はすでにAチームで試合にも出てるんだよな」

「あいつは別格です。ほかにも入部当時から何人かが、上のチームでやってます」

「最初から特別扱いってわけか」

木暮は顎鬚《あごひげ》の剃《そ》り跡を撫《な》でた。「でも、その後、上のチームに呼ばれたやつもいるんじゃないか？」

「今のところいません」

「話を聞いてる限りだと、たしかにむずかしそうだな」

「――ええ」

遼介は息を吐きながらうなずいた。

「でもな、遼介。チームってもんは生き物だからな。けっしていつまでも同じままじゃない。いや、同じではいられないんだ。状況は必ず変わる。今は待つときかもしれないぞ」

木暮は言葉に笑いを含めた。

遼介は黙ったまま地面を見つめた。

「今は待つとき、とおれが言ったのは、もちろん、時間が経てばすべてうまくいくという意味じゃない。ただ待つのではなく、よい準備をすることだ。高校サッカー、しかも全国を狙おうというレベルであるなら、選手に求められるものはさまざま。常に自分自身を見つめ、なにが足りないのか、それを埋めるには、他人とは別になにをすべきなのか考えて取り組むことが必要になるんじゃないか。技術の習得には、それこそ日々の反復練習しかないと言ってもいい。自分のため、チームのためになることを真摯《しんし》に続けていれば、そんな姿がいつかだれかの目に触れて、チャンスが巡ってくるかもしれない。その日のために、真面目にコツコツと毎日を過ごすことは、ありきたりかもしれないけど、案外近道だとおれは思う」

木暮の言葉は、次第に熱を帯びてきた。

遼介はうなずき、「そうですよね」と答えた。そうであってほしいという願いを込めて。

「そのためにも遼介、野心を持てよ」

「――野心、ですか？」

木暮はうなずき、再び被災地を訪れたときの話をした。

「釘を踏んじまって治療を受けたあと、近くの小学校に向かった。学校の校庭には、仮設住宅が建ち並んでいた。現地の人に聞けば、学校の校庭だけじゃなく、公園や広場、子供の遊び場だったあらゆるところに、仮設住宅が建てられたそうだ。それもあってか、外で元気に遊ぶ子は、めっきり減ってしまったらしい。

おれが行った学校の校庭では、男の子がひとりで壁に向かってボールを蹴《け》ってたよ。その姿を見て、急にせつなくなった。被災地ではボールを蹴り合うこともなかなかできない。せめてサッカーがふつうにできるようになれば、そう思った。スポーツをすること、それは本来、だれにでも与えられた自由のはずだ。サッカーもそうだ。ボールひとつあれば、だれもが参加できる。

でもな、遼介、そのことは言ってみれば、あたりまえのことに過ぎないとおれは思う。復興、復興って世間では叫んじゃいるけど、かたちあるものは必ず壊れる。元のかたちにもどるだけじゃ、足りない気がしないか。なにを大切にして生きていくのかが問われている。そんな気がする。それを決めるのは、もちろん個人だ。国が決めるわけでも、政治家が決めるわけでもない。一人ひとりが大切にしていたものを、取り返さなくちゃ。

遼介の入った青嵐では、サッカー部に入ればすぐにボールが蹴れたはずだ。まっとうだよ。AチームやBチームに分かれたとしても、週末には試合があって、出場の機会がある。だからおまえは選んだ。でもな、それだけで満足してはつまらない。なにかを押しつけられたり、縛られたりするかもしれない。でも簡単に屈することなく、密《ひそ》かにでもいい、さらなる高みを目指せ。ときには、逃げたっていい、死んだふりをしたっていいさ。でも、理想がなければ、今より上の世界を覗《のぞ》くことはむずかしい。そのことをだれかに語る必要はない。ただ、自分の夢や目標を、簡単にはあきらめるな。高校生になったおまえに、おれはもう『サッカーを楽しめ』と言うつもりはない。サッカーの楽しさを追求するのは、おまえ自身だから――。

結局、被災地へ行って思い知ったのは、おれにできることなんて、とても限られてるってことだ。でもな、たった一度きりの人生だからな、精一杯生きなくちゃな」

最後は静かな口調になり、木暮はグラウンドに語りかけるように話したあと、頬をゆるめた。

——精一杯生きる。

言葉にすれば、とてもありきたりだけれど、今の遼介の心には響いた。

自分にできるのは、そのことくらいのような気がしたからだ。

遥翔が言っていたように、震災のあと、多くを望むことは慎むべきことに思えた。サッカーができること。それだけで恵まれている。そう思うようにした。

——でも……。

自分は小さくまとまろうとしていたのかもしれない。先のことばかり考え、将来に怯《おび》えていたのだろうか。今情熱を注げるもの、サッカーが自分にはあるというのに。やりたいことができるのは、幸運にちがいない。それについて他人の意見に振りまわされたり、なんの価値があるのか計算するのは、馬鹿げている。そんなことをするくらいなら、目をつぶって走ろう。今の自分には、それが許されているのだから。木暮の言った野心、というより雑草魂を忘れたくなかった。

遼介は長く息を吐いてから、かつてのホームグラウンドの空気を胸一杯に吸い込んだ。

夏至を過ぎ、遅くなった夕暮れが西の空から始まろうとしていた。いつのまにか校庭に親子連れの姿があった。キャッチボールをしている。小学三年生くらいだろうか、しゃがんだキャッチャー役の父親目がけて、小さなからだながら渾身《こんしん》の力でボールを投げ込んでいる。

「さっき話に出た、チームでの評価のされ方についてだけどな」

木暮が口を開いた。「新しい環境になって、遼介が何者なのか、コーチもチームメイトも知らないだろう。上のコーチにアピールする機会が無いなら、チームメイトに認められること、まずはそこからじゃないか。それには、自分をさらけだす勇気を持たないとな。それにおれはコーチだからわかるけど、コーチってのは、見ていないようで、見ているもんだぞ。ルーキーズ杯という大会もチャンスだろうけど、それ以外にもきっとあるはずだ。チャンスは、グラウンドにころがっている」

木暮の言葉に、遼介はしっかりうなずいた。

まだまだやれることはある。そう思うことができたからだ。

木暮が言ったように、現状に甘んじるのではなく、密かに大志を抱いてサッカーに取り組もう。練習用のユニフォームの番号や、チーム内で起こる些細《ささい》な出来事に気をとられず、自分は自分のやり方で、自分らしく上を目指す。そのことを誓った。

「ああ、それと、樽井のことだけど」

木暮の声色が沈んだ。「まだ、なにも手掛かりがなくてな……」

夏休みに入った最初の土曜、青嵐高校グラウンドでは一年生の紅白戦、第二回戦が始まろうとしていた。空は晴れているが、今日の最高気温はそれほど上がらず、二十五度前後の見込みだと朝のニュースでは報じていた。

この日、ルーキーズ杯に向け、Bチームに所属している四人の一年生が練習に合流した。一年生のなかでは、ただひとりAチームのメンバー入りを果たしている上崎響の姿だけがグラウンドにはなかった。

「そういえば上崎君って、県のトレセンメンバーらしいですよ」

「てことは、十六歳以下の国体メンバー候補ってこと？　県の代表じゃん」

「そう、それってすごいことだよね」

小野君と麦田が、部室前で着替えながら話していた。

「そんなことよりよ、今日の紅白戦、どういうチーム分けの仕方なんだよ」

白のビブスを身につけた照井が、整髪料で後ろに撫《な》でつけた頭を抱えている。

「三嶋さんが今日来た四人に言ったらしい。赤か白、どっちか好きなチームを選べって」

常盤は日に焼けた顔をゆがめた。

「それで四人とも赤組ってわけ？」

「全員クラブチーム出身者だからね。赤組には、知ってる顔が多いんだろ」

「それって、勝てるわけないじゃん」

淳也が早くも白旗を揚げた。

「でも、おれ助かったわ」

麦田が呑気《のんき》そうな声を出す。

赤組は、Bチームで早くも正ゴールキーパーの座をつかんだ大牟田《おおむた》が入ったことにより、これまでゴールを守っていた西が、ルーキーズ杯ではポジションを失うことになりそうだ。だったら西を白組に引き取りたいところだが、それは麦田の手前、だれも口にしなかった。

試合前、白組メンバーは集まって輪になり、いつものように先発メンバーを決めていった。春の段階ではジャンケンで勝った者から好きなポジションを選んでいたが、今はチームメイトで意見を出し合うようになった。

フォワードのひとりは、前回の紅白戦後に加入した快足の速水俊太にまず決まった。ツートップのもう一枚をだれにするかに時間を割いたが、こちらも新メンバーの三宅を試すことになった。

「アッザース」と三宅はにこやかに白のビブスを受け取った。

フォワードの先発を外れた遼介は、中盤のポジションを与えられるわけでもなく、結局ベンチスタートとなってしまった。白組のなかでは、それなりに認められていると思っていたが、どうやらそれほど盤石の信頼は得られていないようだ。このところフォワードとしての結果も残せていなかった。

「あれ、どうしちゃったの？」

ピッチサイドで副審用のフラッグを手にした遼介に、先発メンバー決めを中座した小野君が声をかけてきた。野球場との境にある小山の上にビデオカメラの三脚を立て、撮影の準備に入っている。

「後半から出ることになった」

遼介の答えに、「そりゃあ、僕だって出るさ」と小野君は呆《あき》れたように首を横に振った。遼介がスタメンで出るべき、と言ってくれた気がしてうれしかった。木暮から言われたように、もっとチーム内で多くの者に認められる存在になる必要がありそうだ。

ピッチサイドから見渡した赤組の先発メンバーは半数近くが入れ替わっていた。ピッチには、当然のように今日合流した四人の姿がある。全員練習着によい番号を背負っている連中だ。そんななか、意外にも白組から移籍した背番号33番、伊吹遥翔が左ミッドフィルダーとして先発メンバー入りしていた。赤組内での遥翔の評価は、白組での遼介よりもさらに高いということだ。正直悔しい。

——午前九時半、キックオフ。

三嶋が頼んだのだろうか、練習試合にもかかわらず、主審は審判服を着用した年配の男性が務めていた。三嶋はどちらのベンチにも入らず、中央のピッチサイド付近のパイプ椅子に座って腕組みしている。キャップのツバに隠れた顔の表情は見えない。

試合は、敵の赤組が開始直後からペースを握った。

新加入の選手では、米谷とダブルボランチを組んだ奥田《おくだ》の存在が際立った。一年生ながらBチームで県リーグにスタメン出場しているという奥田は、身長はそれほど高くないが体幹が太く、からだはかなりできあがっている。足もとの技術は確かで、攻撃の起点となるだけでなく、冷静な読みから何度かパスカットも見せた。なるほどこの選手なら、上級生のなかでも勝負できるだろうと思わせた。目鼻立ちのはっきりした顔には、自信だけでなく、余裕さえうかがえる。

背番号1、ゴールキーパーの大牟田は、同じ高校一年生とは思えない体格の持ち主だ。ポジションを奪われた西よりさらに背が高く、それでいて動きも緩慢ではない。ハイボールに強く、キックの精度も一枚上だ。なにより風格というか、落ち着きがある。正直、白組の麦田とは資質がちがいすぎる気がした。

開始6分、奥田からのスルーパスをディフェンスラインの裏で受けたのは、健二とツートップを組んだ背番号9、やはりBチームから加入したフォワードの阿蘇《あそう》。キーパーとしては背の高くない麦田の弱点をあざ笑うようなループシュートを決め、ニコリともしない。

決められた麦田は悔しさを表現することなく、淡々とネットに絡まったボールを拾い、センターサークルに向かって投げ返した。その顔には、「今のはしょうがない」と書いてある。

そして12分には、キッカーに立った遥翔が、左足でカーブをかけた絶妙なコーナーキックをゴール前に送り込んだ。そのボールを、宮澤とセンターバックを組んだ、身長182センチの月本《つきもと》がヘディングで合わせ、豪快にゴールネットに突き刺した。マークについていた照井がからだをぶつけにいったが、逆にはじき飛ばされてしまった。

「だいじょぶか、テリー」と常盤が声をかけた。

「今の見たよな？」

倒れ込み、両手を広げてファウルをアピールする、その照井の姿が空しい。本人は、プレミアリーグのチェルシーに所属していた偉大なセンターバック、ジョン・テリーを意識していると最近知ったのだが……。

彼ら四人が赤組に入って、あっさり先発するのもうなずけた。「勝てるわけないじゃん」と口にした淳也の言葉が、次第に現実味を帯びてくる。遼介の握った右手のフラッグが、やけに重たく感じた。

早くも白組イレブンは沈黙したかに見えた。


――0対2で迎えたハーフタイム。

ピッチからもどった白組選手たちは、いつもの日に焼けた顔のはずなのに、青ざめてさえ見えた。気温はまだそれほど高くないが、やけに水分補給に手間取っている。自分で持参した水筒をなかなか手放せない者が目立った。

「せめてさ、ペットボトルでもいいから、ピッチサイドの何カ所かに水を置かない？暑くて死んじゃうよ」

中盤の真ん中で先発した庄司の泣き言には、だれも反応しなかった。

　Ａチームや Ｂチームの練習や試合には、マネージャーを帯同し、給水のサポートをしてもらうと聞いた。それは中学校のときは一年生の役目だった。自分たちは三年生から、再び一年生になったのだと、あらためて思い知った。試合中、水が飲みたいなら、自分たちで準備するしかない。

　後半、遼介は、目立った活躍のないフォワードの三宅との交代を伝えられた。しかし、トップ下をやらせてほしいと常盤に掛け合い、自分のポジションは本来中盤であることを訴えた。

「でも、ずっとこのかたちでやってるんだぜ」

　常盤の言うこのかたちとは、ディフェンスが四人、中盤が四人、フォワードが二人の4―4―2のフォーメーションを指し、それらの各ラインがフラットに並ぶ陣形を意味した。4―4―2は基本的なフォーメーションであり、バランスが良いとされている。キャプテンである常盤が簡単に首を縦に振らないのは、トップチーム以下Ｂチームも同じフォーメーションを採用しているからだろう。

「フォワードを一枚に減らせば可能だろ」

　遼介が言うと、「リョウ、0対2なんだぜ」とへたり込んだ照井が口を挟んだ。

　負けているのにフォワードを減らすのは問題だと言いたいらしい。しかしフォワードの数が多ければゴールを奪えるというわけではないはずだ。

「じゃあ、どうする気？」

遼介は怯《ひる》まずに尋ねた。

「ちょっといいかな」

撮影からもどった小野君が話に加わった。「前半のうちらは、フォワードと中盤のあいだにかなりスペースができちゃってた。押し込まれてるから、中盤がズルズル下がった結果だよね。そこを赤組にうまく使われてる。リョウは、その部分の修正を言いたいんだと思うんだけど」

その通りだった。

攻守のバランスを取る、あるいは取りやすいのは、フォワード、ミッドフィルダー、ディフェンダーが構成するスリーラインのうち、前後に接しやすい、中央に位置するミッドフィルダーであることはまちがいない。そのため中盤の真ん中でバランスを取る守備的ミッドフィルダーを舵取り役《ボランチ》と呼ぶ場合がある。もっともそれは、役目を務めてこそ与えられる呼称であるはずだ。であるならば、前半の白組には、ボランチが存在しなかった、と言うことができる。

「だったら、ディフェンスラインをもっと押し上げるか……」

照井がつぶやいた。

しかし敵の攻撃の圧力により、それができなかったことは明らかだ。

「どうしたもんかな……」

頰に汗を滲《にじ》ませたままの常盤は、迷っているようだ。

「4—5—1にしようってこと？」

中盤の中央二枚、いわばボランチを務められなかった庄司と翔平が顔を見合わせた。どちらの顔も不満げながら、どこかあきらめムードが漂っている。

「守備的中盤《ディフェンシブハーフ》を二枚にして、その前に三枚置く、つまり4—2—3—1でいくべきだと思う」

前半、カメラを回して感じたのか、小野君が提案した。遼介も同じ意見だ。

「ワントップ？　そんなん、やったことないじゃん」

庄司がそっぽを向くようにして言った。

「ちょっと待ってくれよ。おれたち、負けてんだよな」

遼介は声を大きくした。「後半に向けて、なにか手を打つべきじゃないのか」

選手だけのベンチが静かになった。

チームには、あえて波風を立たせるべきときがある。そのことを、遼介はキャプテンを務めた中学時代に学んだ。変わるには、なにかきっかけが必要なのだ。

前半、副審をやりながら、白組に足りないものを感じていた。それは赤組に劣るフィジカルや個の技術だけでなく、球際の激しさといった気持ちの部分についてだ。自分たちよりもいろいろな部分で勝る者に立ち向かう場合、勝とうとする意志で上まわらなければ、まさしく勝ち目はない。

一概に言うことはできないが、部活出身の選手とクラブチーム出身の選手では、色が異なる。それぞれに特色があるが、長所も短所もお互い合わせ持っている。白組はその長所のひとつと呼んでもいい、部活サッカーの泥臭さといったものを忘れている気がした。

「前半、赤組に入った新メンバーにやらせすぎだろ」

遼介は、言いにくいことだが、事実を口にした。

いつもはあまり口を出さない遼介の執拗《しつよう》な言葉に、チームメイトが戸惑うように視線を泳がせた。

「は？」と庄司が反応し、離れて配置された両目を見開くようにして言った。「赤組に入った奥田や月本は、Bチームでレギュラーはってんだぞ」

負けてもしかたがない、そう言いたげだ。

「だからこそ、あいつらにやらせちゃマズイわけだよな」

「わかってるさ、そんなこと」

今度は翔平が煙たげな顔を見せる。

「だったら、なんでもっと強くいかないんだよ」

「おい、リョウ、もうやめとけ」

常盤が仲裁に入った。

「今さら後悔してんじゃねえの、赤組に移らなかったこと」

口をとがらせた庄司の挑発には乗らなかった。

ただ、これだけは言わせてもらった。「おれは、赤組に負けたくない」

だれもなにも言わなかった。

「――それから」

遼介は手にしたフラッグを持ち上げた。「たまには、おまえらも副審やれよ」

渋々といった感じで、翔平がフラッグを受け取った。

庄司や翔平とは、仲が悪いわけではない。これまで同じ白組で、それこそ励まし合ってやってきた。いつもなら笑いながら話している仲間だ。ただ、彼らと同じ中盤のポジションに入ってこようとする遼介を簡単に受け入れたくないのだろう。その気配はひしひしと感じた。だが、遠慮するつもりはない。

白組は麦田を筆頭に、楽しくやろう、という雰囲気がいつのまにか蔓延《まんえん》し始めている。もちろん、遼介にしてもサッカーを楽しくやることには賛成だ。でもその言葉を言い訳に使いたくなかった。上に行くのはあきらめ、現状に甘んじながら楽しくサッカーをする。そういうのは、ちがう気がした。自分にとって、おそらくそれは楽しいサッカーになり得ない。そんな集団のなかで、ゆっくり落ちていき、底のほうに沈んだまま時を過ごすのはごめんだ。

「おれに、トップ下をやらせてくれ」

遼介はくり返した。

主審が短く笛を吹き、後半が始まることを知らせた。

結局、フォーメーションの変更は合意を得られず、遼介はフォワードとして出場することになった。ただ、チームはこの試合を重く見たのか、先発したフォワードの俊太を下げなかった。そのためポジションのかぶる淳也は、中盤の左サイドにまわることになった。

チームメイトは、このハーフタイムを機に、遼介をめんどうくさいやつと見なしたようだ。小野君以外、だれも話しかけてこない。それでもかまわなかった。

「前半の試合で感じたんだけどさ」

小野君が気遣うように寄ってきた。「米谷は、いつもの米谷じゃないね」

「どういうこと？」

「新しいメンバーが入ったせいかな、遠慮してるっていうか、動きが硬い感じがした」

「そういえば、前半目立ってなかったね」

たしかに声も少なかった。

「どうも米谷と奥田、中盤のセンターコンビはうまくいってない気がする。試合中コミュニケーションをとってない。ここはふつうにパスを出すだろう、という場面でも、お互い別の選択をしたりね。なんていうか、ぎくしゃくして、目も合わさない感じで」

「よく見てるね」

「このところ、ビデオでゲームの分析をしてるからね。目が肥えてきたのかも」

小野君の言葉に、遼介は口元をゆるめた。「ほかには？」

「センターバックのデカイ月本君、ヘディングシュートは見事だったけど、ロングパスはあまり得意ではなさそう。とくに左足は使えない。そこが弱点かも。それに集中を欠く場面があった。ボールウォッチャーになるんだ。宮澤とのコンビもやっぱりうまくいってるとは言い難い」

「なるほどね、サンキュー」

遼介はセンターサークルに向かった。

そこには初めてツートップを組む、速水俊太がすでにスタンバイしている。

「よろしく」

遼介は近づいて右手を差し出した。

動物で言えば狐を思わせる俊太は、目を合わせるが、遼介の手を握ろうとはしない。代わりにこう言った。「前半、まともなパスは一本もなかった。二枚もフォワード置いても意味ないだろ」

冷ややかなその態度に隠された思いを考えながら、遼介は右手を引っ込めた。前半、俊太はシュートを一本も打っていない。チームとして赤組から獲得した俊太の俊足を生かすような戦術をとっていたとは思えなかった。

そういえば試合中、前線で孤立した俊太はうつむく場面が多かった。ツートップを組んだ、同じく赤組から加入した三宅との連係も機能していなかった。もともと口数が少ないのか、俊太はハーフタイムにもひとりで考え込むようにしていた。

「俊太は、どういうパスがほしいの？」

キックオフ直前、思いつきで言ってみた。

「おれはいつも裏を狙ってる」

「ディフェンスラインの背後ってことだよな」

「おれがほしいのは、地を這《は》うような速いボールだ」

俊太は簡潔かつ、そっけなく答えた。

そして、「おまえは？」と遼介に訊《き》いてはくれなかった。

それでも、じゅうぶんだった。

笛が鳴り、遼介が先にボールに触れ、俊太が中盤にボールを下げるパスをした。

後半が始まり、2点リードした敵は、余裕を持ってディフェンスラインでボールをまわすプレーが多くなった。その際、遼介は敵の最終ラインのディフェンダーではなく、そのひとつ高いライン、つまりミッドフィルダーへのチェックを心がけた。

一般的には、センターバックは中盤のボランチにボールを当て、返してもらうボールの出し入れをしながら、攻撃の組み立てを模索していく。前半の赤組は、多くの場合、なんらかのかたちでボランチの奥田を経由し、ボールを前線へ供給していた。対する白組は奥田をリスペクトしすぎたのか、じゅうぶんなプレッシャーを与えられず、自由にやらせていた印象が強い。そのことはハーフタイムで庄司と翔平にも伝えた。

二年生との競争に勝ち、Bチームでレギュラーをつかんでいる奥田はたしかに巧《うま》い。

自分が立つべきピッチは本来ここではない、と言わんばかりの自己主張を感じる。見下しているわけではないだろうが、白組に対しては、どこか上から目線なプレーもしばしば見受けられる。

しかし小野君が指摘したように、米谷とのコンビネーションはもうひとつだ。信頼関係に問題があるのだろうか。あるいはライバル意識がそうさせるのか。その理由のわからない間隙《かんげき》を突き、チームに亀裂《きれつ》を生じさせることができれば、なにかが起こせるかもしれない。

一般的な戦術では、相手チームの穴となる選手を探し、そこを突いて打開を図るのがセオリーだ。だが遼介は、あえてBチームの中心的存在である、ボランチの奥田に的を絞った。

なぜなら、ピッチサイドから試合を観ていて、遼介は今までわからなかった答えを見つけたからだ。サッカー部の底辺から、どうすれば上に這い上がれるのか。それはとても単純な話だと悟ることができた。

——今、目の前にいる奥田に勝てばいいのだ。

極論すれば、チームが勝てなくてもいい。自分よりも上とされるライバルとの一対一の勝負に勝ち、その地位から引きずり下ろす。ただし、上にいる者に成り代わるには、同じレベルでは足りない。明らかにどこかの部分ではっきり上まわることだ。自分ができることは、人よりも走りまわること。そして一瞬のひらめきを生かした頭脳プレー。

木暮の言葉を思い出していた。

――チャンスは、グラウンドにころがっている。

三嶋は何の説明もしなかったが、この紅白戦こそが、じつは大きなチャンスのような気がした。

それをどれだけの部員が感じているのだろうか。上のチームにいるライバルは自分にとっての物差し。彼らの実力を肌で感じられる機会であり、その足もとを脅かすことができれば、自分の存在を知らしめることが可能だ。

――自分は、ここにいる。

そう叫ぶことができる。

前半、奥田はあわてる場面もなく、比較的クリーンなプレーを見せた。言ってみれば敵ながら好感が持てた。それはある意味では、もうひとりのセンターハーフとは対照的でもあった。

その米谷は、フィジカルコンタクトで白組の攻撃の芽を摘む場面が多く、ファウルも目立った。白組の選手のユニフォームを後ろから引っぱり、副審の遼介がフラッグを小刻みに振って主審に知らせたときは、鋭い眼光で遼介をにらんできた。

前半の終了間際には、とうとう主審からイエローカードを提示された。ひとつのプレーというより、ファウルの累積による警告とも受け取れた。米谷は例によって不服そうな態度をとったが、主審は真剣な顔で諭すように注意を与えた。

試合というのは、ピッチの外から見ているだけではよくわからない部分がある。相手のフィジカルやスピードもそうだ。背の高そうに見えた選手が、同じピッチに立つと、じつは自分と同じくらいの身長の場合もある。実際からだとからだをぶつけて、強さは初めてわかる。速さにしても、一緒に競って体感するしかない。

白組の漫然としたクリアボールを奪った赤組が、再びディフェンスラインでボールをまわし始めた。センターバックの宮澤と月本はいずれも身長が180センチを超えている。主にその二人に対して、俊太は足を向けるが、むやみにボールを奪おうと深追いはしない。ひとりで追ったところで、高い位置でボールを奪える確率は低いと知っている。

遼介が意図的にポジションをひとつ落としているせいか、敵の攻撃の組み立ては、両サイドからが増えていく。その場合、サイドバックをケアすべきは、味方のサイドハーフであるはずだが、高い位置をとれず、スペースと自由を与えてしまっている。そんなサイドから崩されるのが一番危険に思えたが、敵のサイドバックはもう一度やり直し、センターバックにボールをもどしてくる。まるでお約束のように。

赤組は、前半うまくいった中央突破のやり方を崩そうとしない。ボランチの奥田を経由した攻撃に囚《とら》われているようだ。

小野君が言ったように、月本は長距離パスが得意ではないのか、近い位置の奥田にパスを出そうとする。そこを遼介が狙っていた。

俊太の寄せで右足を封じられた月本は、利き足ではない左足でぎこちなくボールを蹴《け》った。奥田へのパスは、スピードの乗らない中途半端なものになった。

――チャンス到来。

最初のアプローチで遼介は激しく奥田にからだをぶつけた。姿勢を低くし、腰で強く押しのけるように当たると、奥田のからだの軸がずれるのがわかった。

「おいっ！」

奥田がファウルをアピールする。それまで温和に見えた端整な顔がゆがんだ。

しかし主審の笛は鳴らない。

遼介は力をゆるめなかった。

そこへ米谷がサポートに顔を出すが、予想通り奥田はパスを出さず、自分でボールをキープしようとする。

反対側から小野君が加勢してくれた。

「取り切れっ！」

その声は俊太だった。

この高い位置でボールを奪えれば、前に張っている俊太に即パスが出せる。俊足のフォワードはディフェンスラインの背後を狙っているはずだ。

だが、二人がかりでも奥田のボールは奪いきれなかった。

ボールはセンターバックの月本へもどされ、さらにサイドバックへと遠のいていく。

遼介は思わず「くっ」と息を吐いた。

ただ、奥田には、前半のようにはやらせない、というメッセージだけは届けられたはずだ。そしてそのメッセージの意味が、小野君以外のチームメイトにも共有されることを願った。

遼介は、俊太と縦関係の位置、つまりは自分が望んだトップ下でのプレーを続けた。だれも気づいていないのか、あるいは気づかないふりをしているのか、チームメイトにそのことを指摘されることはなかった。ワントップになった俊太にしても黙認してくれているようだ。チームは、小野君の提案した4―2―3―1の陣形に近くなった。うまくやれば、だれも文句は言わない。そういうものなのかもしれない。

ただ、今のプレーは、奥田をあわてさせたに過ぎない。

もっと決定的なシーンを創造すべきだ。

その後も遼介は、守備の際、執拗《しつよう》に奥田を狙い続けた。奥田は明らかに苛立《いらだ》ち、遼介を意識しだした。そのためか、チームメイトからの奥田へのパスは減ったように思えた。協力してくれたのは、小野君。そして少なからず俊太も、その意図を理解した追い回し《チェイシング》を心がけてくれている。

とはいえ、ゲームの流れはいまだ赤組にある。

敵となってしまった遥翔がドリブルで進入し、白組は何度かピンチを迎えた。遥翔のプレーは格段にキレが増し、今や自信に満ちている。

遥翔がいてくれたら、そう思いかけるが、今いる味方を生かすしかない。遼介は切り替えた。

左サイドに入った淳也に指示を出し、後半も出場している庄司にも声をかけた。

いつのまにか遼介は中学時代のように振る舞い、仲間を鼓舞した。気がつけば、常盤よりも声を出している。遼介に倣うように、小野君も声を出し始めた。

「サンキューリョウ、ナイスプレス！」

照井の声も聞こえた。

声を出すことで、集中を維持できる。スコアは0対2のままだが、声の量では、白組は逆転したといっていい。

そんな状況に苛立つように、下がった位置で米谷がパスを受けようと顔を出した。

声が出なくなり、精彩を欠いた米谷にも意地があるはずだ。ゴールに背を向けトラップした米谷は、必ず前を向き、自分で局面を打開しようとする。そう踏んだ遼介は、奥田のマークを外し、背後からアプローチをかけた。案の定、米谷が振り向こうとしたとき、ガツンとからだがぶつかった。

右膝《みぎひざ》に痛みが走ったが、米谷の足から離れたボールを奪うことに成功した。

左右の足裏を使ってターンし、米谷の前でこれ見よがしにドリブルに移ろうとした、その瞬間、ふくらはぎに痛みが走った。背後から米谷のスパイクが、遼介の足を刈り取りにきたのだ。でも、驚きはなかった。遼介はわざとファウルを誘ったのだ。

主審が強く笛を吹いた。

立ち上がった遼介は、すぐにボールをセットする。

プレーを妨害するために、米谷がボールの前に立ちはだかった。ルールでは9・15メートル以上離れなければならない。

「いいかげんにしろ」と奥田が声を尖《とが》らせる。

「おれのことか？」と米谷が言い返した。

その刹那《せつな》、遼介は右足のアウトサイドですばやくボールを押し出すように蹴った。

米谷のO脚の股《また》を抜けたボールは、敵の二人のセンターバック、月本と宮澤のあいだを通過しゴールへと向かう。俊太の望んだ、地を這うような速いボールだ。

俊太が低い姿勢でスタートを切り、まっすぐにボールを追う。

センターバックの月本はボールを見たまま動けず、宮澤も反応が遅れた。

ゴール前からキーパーの大牟田が巨大なからだを揺らしながら飛び出してくる。

両方向から、一直線に砂煙が舞った。

——間に合ってくれ。

遼介は米谷を押しのけ、ボールの行方を追った。

二つの砂煙が交わったペナルティーアーク付近。先にボールに触れたのは、30センチ近くありそうなスパイク。守護神、大牟田の右足が、間一髪のクリアを見せた。

俊太のからだが悔しげに反り返る。

遼介は天を仰ぎ、歯噛《はが》みした。

そのプレーが途切れた直後、鋭い笛が鳴った。

ユニフォームの裾《すそ》で汗を拭《ふ》く遼介の前を通り過ぎた主審は、米谷に近づき、ポケットからイエローカードを選んだ。遼介への後ろからの危険なタックル、そして遅延行為が対象と思われた。前後半合わせて二枚、次に主審が手にしたのは赤いカードだった。

「おれ？」という米谷の対応に、主審は毅然《きぜん》としてピッチの外を指さした。

「さっさと出ろっ」

奥田が感情を露《あら》わにした。

その後、人数で有利となった白組だったが、アディショナルタイムを含めた残り時間を使っても、ゴールを奪うことはできなかった。

逆に、キーパーへのバックパスを麦田が軽率にクリアミスして、ボールを敵にプレゼントしてしまった。胸トラップでコントロールした健二は、鬱憤《うっぷん》を晴らすようにシュートをゴールネットに突き刺してみせた。

——0対3。紅白戦第二回戦終了。

遼介なりに精一杯走ったつもりだ。奥田との対決に勝つことはできなかったけれど、戦えない相手だとは思わなかった。ファウルをもらってからのすばやいリスタートは狙い通りでもあった。しかし、流れのなかで決定的な仕事を果たせなかった。

両チーム並んでの挨拶《あいさつ》のあと、試合に負けた白組のメンバーたちは、新戦力の加わった赤組相手によく戦ったと健闘をたたえ合った。「切り替えようぜ」と常盤は何度も声をかけた。しかし遼介は、その輪のなかに入ろうとはしなかった。そういうのは、ちがう気がしたからだ。

ピッチを去ろうとした遼介のところに、選手がひとり近づいてきた。遼介がなんとか得点を決めさせようとした速水俊太だった。

「わるい、あそこはパスが速すぎたな」

遼介が先に口を開いた。それは米谷からファウルを受けた直後のシーンについてだ。

「本当にそう思ってんのか？」

俊太は目を細めるようにして見つめ返してきた。

「思ってる」

遼介は正直に言った。「でもあれが、今の時点でのおれの実力だよ」

「――いや」

と言って、俊太は自分から右手を差し出した。「あれは、おれにとって決めなきゃならないボールだった。すまん」

試合終了後、再び白組赤組両チームがセンターサークル近くに集まった。

集合した一年生のなかに、初めて見る同じユニフォームの背番号10を見つけた。紅白戦に参加しなかった上崎響だ。ほかの場所での練習後にでも、遅れてやって来たのだろうか。うっすらと汗をかいた上崎は、すぐにでもピッチに立てそうな顔つきだ。

「来てるね」

小野君がささやいた。「彼、ぜったい眉毛《まゆげ》剃《そ》ってるよね。ひょっとしてあの髪、パーマかけてる?」

噂によると上崎響は、校内での女子の人気が高く、言ってみれば有名人らしい。後ろに流した長めの髪は波打ち、眉《まゆ》は薄く整えられている。体育会系というより、見た目を大切にするミュージシャンのようにも映った。小学六年生のときに対戦したキッカーズの10番の面影はすでにない。

ただ、眉毛を剃っていようが、かっこうがよかろうが悪かろうが、そんなことはどうでもいい。ピッチに立った今の上崎が、どれほどの選手であるのか、そのことにしか遼介は興味がなかった。

「んじゃあ、はじめっぺ」

三嶋がわざと間の抜けた声を出し、さっそく交換選手の指名に移った。野球場のほうから吹き込んでくる生暖かい風が、汗のにじんだ頬をあざ笑うように撫《な》でつけ、試合に負けた白組の屈辱の時間が始まった。

赤組代表として前に出たのは、米谷ではなく、米谷とダブルボランチを組んだ奥田。まわりには、Bチームから合流した選手たちの姿が見える。まるで赤組は、彼らに乗っ取られたかのようだ。

「こちらはフォワードの速水俊太をもらいます」

奥田の落ち着いた声が人垣に響いた。

白組の選手は沈黙したまま、その声を聞いた。残念ながら予想通りの指名でもあった。

「で、もうひとりは？」と三嶋が尋ねた。

「白組には申し訳ないけど」

奥田は前置きしてから言った。「常盤をもらう」

赤組が二人目に指名したのは、白組のキャプテンを務める選手だった。

その選択には、悲鳴に近い驚きの声が上がった。

「それはいくらなんでも……」

麦田が言えば、「チームを壊す気かよ」と照井が反発した。

指名された常盤は言葉を失っている。表情は、今にも泣き出しそうだ。

――そうきたか。

遼介は乾いた唇を舐《な》めた。

「だれを選ぼうが、それは勝ったチームの自由だ。なんら問題はない」

三嶋が騒ぎを鎮めるように口を挟んだ。「ただ、理由を聞かせてくれ」

奥田は腕を後ろに組んだままうなずいた。

「まず、俊太はもともと赤組にいたらしいですし、スピードもあり、ゴールも決めていたと聞きました。ですから取り返したに過ぎません。常盤については、最終ラインで最後まで気持ちを切らさず、冷静に戦えていたと思います。そこを評価しました。ただ、

3失点の責任はあるでしょう。ですから赤組には、ディフェンスラインのバックアッパーとして来てもらうことになります」

つまり指名はするが、控えということらしい。

白組のざわつきは鎮まらなかった。せっかく加入した俊足のストライカー、そしてディフェンス・リーダーでもあるキャプテンまで引き抜かれ、本当にこれでルーキーズ杯を戦えるのか。そんな疑問の声も漏れた。

「で、赤組の放出選手の二人は？」

三嶋が問いかけた。

「ええと……」

奥田は言葉に詰まり、振り返った。「ごめん、名前、なんて言ったっけ？」

意図的ではないにしろ、その言葉は放出される選手をさらに辱めた。

「──青山です」

人垣の奥から声がした。

遼介はその声に背筋が寒くなった。巧、本人の声だったからだ。

「もうひとりは、おれだってことです」

自分から名乗ったのは、なんと米谷だった。

白組はもう一度大きくざわめいた。ここへ来て、両チームのキャプテンが入れ替わることになるとは。米谷は怒りを露わにして、じっと前を向いている。

「理由は——」

奥田が説明を始めた。「米谷の場合、ディフェンスの際にファウルが多く、チームにとって決定的な不利を招く退場処分を受けたことを重く見ました。本人はその点についてあまり反省が見られません。そういう態度は、チームを率いる者としてもふさわしくない。それが放出の理由です。青山については、本人が希望しました」

「わかった」

三嶋は二度うなずいた。

白組はせっかく手に入れたフォワードとキャプテンを失い、ある意味厄介者である米谷を押しつけられたかっこうだ。チームとして大きな打撃を受けると共に、新たな問題を抱え込んだ。本人が希望したという巧については、どういう事情かよくわからなかった。

「来週、いよいよルーキーズ杯が始まる。いずれにしても、この二チームでその頂点を目指す。いろいろ言い分もあろうが、自分たちで決めたチームでもある。最後に、ただひとりだけ、おれからメンバーの交代を言い渡す」

選手たちの輪が静かになった。

「それは、今日の試合のなかで許されないプレーがあったからだ。緊張感のあるいい試合に水を差した。よって、ゴールキーパーの西は、白組へ移り、第一キーパーとする。選手の出場や交代については、基本的に自分たちで話し合って決めてもらってきたが、これはコーチとしての判断だ。今後も基本的にはおまえらに任せようと思う。大会では一人ひとりの選手としての判断力が試されるはずだ。自立した選手かどうか、そのことをしっかり見たいと思う」

三嶋の言葉はチームの雰囲気を引きしめた。

痛恨のミスを犯した麦田はうなだれていた。

「あのー、ちょっといいすか?」

そのとき、緊張感のない声が上がった。

「なんだ?」

「おれ、どっちのチームなんですかね?」

手を挙げたのは、背番号10をつけた男。青嵐高校サッカー部、期待の星は、どこかしまりのない顔をしていた。

「うちのチームに来いよ」

誘ったのは奥田だ。米谷を追い出し、早くも赤組のキャプテンに収まったようだ。

「おれたちも、自分で赤組を選んだんだ」

大牟田の声が降ってきた。

「へえー、そうなの。赤組か白組か、自分で選べばいいんですか、三嶋さん?」

「まだ話の途中なんだけどなー」

三嶋は、やれやれという顔で、「好きにしていい」と投げやりに答えた。

全員がチームの10番に注目した。上崎はそのシチュエーションを楽しむように、笑みを浮かべている。たぶん、そういう場面に慣れているのだろう。

「後半からだけど、試合は観させてもらいました」

そう言った上崎は、あっさり結論を口にした。「じゃあおれ、白組ってことで」

「えっ?」

「なんでだよ?」

今度は赤組が驚きの声を上げた。

「たぶんこっちのほうが楽しめそう、そう思ったんで」

上崎は白い歯を見せた。

——よくわからないやつ。

それが上崎響に対する、遼介の抱いた現段階での印象だった。

ルーキーズ杯

一年生大会であるルーキーズ杯、初日。参加二十四チームが四チームずつ六ブロックに分かれての予選リーグが始まった。

Bブロックに入った青嵐高校サッカー部は、午前七時半、試合会場に指定されている高校のグラウンドに集合した。太陽の照りつける乾いた土のグラウンドはすでに整備され、真っ青な空には、本格的な夏の到来を告げる立体的な入道雲が浮かんでいる。

三日間にわたる大会の試合日程は、かなりハードなものになる。初日に二試合、二日目の午前中に一試合の予選リーグを戦い、二日目の午後からトーナメントによる順位決定戦。決勝トーナメントには、各ブロック一位チーム及び二位チームのなかから上位二チームを加え、八チームが進出できる。決勝に進むチームは、三日間で六試合を戦い抜かなくてはならない。猛暑のなか、青嵐サッカー部の一年生が二チーム体制で大会に臨むのは、むしろ妥当、賢明ともいえた。

午前九時キックオフの予選リーグ第一試合には、青嵐赤組が出場した。県2部リーグに所属する私立高校との対戦。赤組は4対0で危な気なく勝利。青嵐白組で出場した紅白戦は無得点に終わった俊太が先制点、追加点を決め、左腕にオレンジ色のキャプテンマークを巻いた奥田の意表をつくミドルシュートでつき放すと、最後は紅白戦でもゴールを決めたBチームのフォワード、阿蘇が4点目を決め敵の戦意を打ち砕いた。

予選リーグの試合については、主審以外の審判は対戦する両チームで担当することが義務づけられている。副審を務めた遼介がピッチサイドから注視したその試合は、Bチームの四人が加わった青嵐赤組の強さが際立った。敵を圧倒したチームが自分の所属するサッカー部であることを誇りに思うと同時に、あらためて彼らとの熾烈《しれつ》な競争に勝たなければならないのだと自覚した。

この日も小野君はビデオカメラで試合撮影をしていた。今回は三嶋コーチから頼まれてもいるようだ。撮影スタッフとして麦田が助手役を務めていた。

午後二時半から始まる第二試合は、遼介ら青嵐白組の出番となった。紅白戦後、大会までの一週間でチームの建て直しを図りたいところだったが、日々の練習メニューをこなすのに精一杯で、白組としてのチーム練習は結局じゅうぶんにはできなかった。

昨日の練習後、白組のメンバーだけで集まり、大会に向けてのミーティングを急遽《きゅうきょ》開いた。そのように仕向けたのは、どうやら赤組に移籍した前キャプテンの常盤らしい。参加したのは十四名。白組を選んだ上崎だったが、Aチームの練習を終えたら、遼介ら一年生は使えない部室でさっさと着替え、すでにグラウンドをあとにしていた。今日は用事があると言い残し、米谷も帰ってしまったらしい。

紅白戦の結果、赤組から放出された米谷は、かなりのショックを受けたはずだ。いわばチームの頂点にいた男が、突然そのチームから追い出されたようなものだ。こんなにも簡単に、人の立場というのは変わってしまうものなのか。米谷の青ざめた暗い顔を見て、気の毒にさえ思った。たしかに紅白戦での米谷のプレーには問題があった。しかし、これまで米谷が赤組を引っぱってきたことも確かだ。組織における人の評価のあり方に、空恐ろしさを覚えた。自分の言動ひとつで、同じような目に遭わないとも言い切れない。失意の米谷の今後が気になった。

二人が不在のミーティングで、まず議題に上ったのは、チームをまとめるキャプテンについて。すぐに何人かの名前が挙がった。そのなかには、小野君の推薦による遼介の名前もあった。しかしいずれの候補者にも過半数に届く賛同の声は集まらず、遼介もやるつもりはなかった。

キャプテンだった常盤と同じポジションであるセンターバックの照井を推す声が上がったとき、遼介は首をかしげたくなった。照井はムードメーカーであっても、チームをまとめるタイプではない。おもしろがっているとしか思えない。

照井に決まりかかったとき、まったく別な意見が飛び出した。

「でもさ、やっぱりここは、上崎君に頼るしかないんじゃない」

発言した庄司はキャプテンの経験もあり、やりたそうな気配もあったが、照井には任せられないと判断したのかもしれない。その案にだれも異を唱えなかった。というより、上崎を否定することなど、できないというのが本当だろう。

照井には不安がある。しかし、米谷にはやらせたくない。ならばAチームに所属し、インターハイの県予選にもすでに出場を果たした上崎に頼めば、米谷も抗《あらが》えず、まるく収まる。そんな狙いも垣間《かいま》見《み》えた。

「なに言ってんの、冗談じゃないよ」

そう笑い飛ばしたのは、大会当日にキャプテンになるよう求められた上崎本人だった。

「だって考えてもみてよ、おれは白組で一度もプレーしてないんだよ。悪いけど、まだ君たちの名前も覚えてない。それに、おれって人間がわかってないな」

頼みにいった白組の面々は一緒になって薄笑いを浮かべるしかなかった。

「――じゃあ、しょうがない」

米谷が言いかけたとき、「やっぱ、おれがやるわ」と照井があわてて申し出た。

「いいんじゃない、テリーに任せれば」

上崎はわざと巻き舌を使って賛成した。

自分でチームメイトを理解していないと表明したくせに、と遼介は呆《あき》れたが、流れに任せることにした。

「そうだな、とりあえずがんばってみるわ」

照井は大役に顔をこわばらせながら腹をくくった。

第二試合前、キャプテンマークを渡しに来た奥田が、白組の選手に向かって声をかけてきた。

「次の相手は県3部リーグだってさ。こっちは1部、プライド持って戦えよな」

要するに、負けるはずがない、と言いたかったわけだ。試合前の緊張が高まるなか、余計なプレッシャーをかけられた気がした。

「県1部リーグのプライドね」

上崎響が鼻で笑うようにつぶやいた。

遼介がなにげなくうかがうと、目が合ってしまった。薄い唇の右端をつり上げた上崎がまぶしそうに片目をつぶったように見え、遼介はあわてて目をそらした。

どうやら上崎は、遼介の苦手なタイプに属するようだ。上崎と個人的に言葉を交わしたことは、これまで一度もない。小学六年生のときに対戦した記憶を、自分から口にする気はまったくなかった。おそらく向こうも覚えていないだろう。

小学生時代、キッカーズで上崎と元チームメイトだった巧はといえば、物憂げな表情で木陰にたたずんでいる。旧知の一年生エースに歩み寄る様子もなく、どこか距離を置いている。以前、巧から聞いた話では、当時上崎とはライバル関係にあり、キッカーズを退団した理由は希望するポジションにつけなかったせいらしい。そんな巧には、上崎にいい思い出などないのかもしれない。

二回目の紅白戦以降、遼介は部内での自分の位置にますます危ういものを感じ始めた。もともと赤組の多くの選手とは、あまり交流もなかったため、それほど気にならなかったが、白組のチームメイトもどこか自分を避けている気がした。紅白戦のハーフタイムでの遼介の言動が原因かもしれなかった。

遼介は連日黙々と練習をこなした。朝練も休まず、居残りの練習にも励んだ。三十人以上いる一年生部員のなかで、親しく口をきくのは小野君くらい。赤組のレギュラーをつかんだらしき遥翔とは、あれから「肉のなるせ」には行かなくなった。遼介自身が他人を寄せつけない雰囲気を醸しだしているのかもしれない。でも、もっとうまくやろうとは思わなかった。

楽しそうにわいわいサッカーをしているグループもいる。だが遼介は、自分が求めている楽しさは、それとは異質なものだと気づいていた。

これまでは、いつも自分のまわりには気心の知れた仲間がいた。多くは小学生のときから一緒にボールを蹴《け》ってきた幼なじみだ。その頃からのただひとりのチームメイト、白組に移ってきた巧とも最近あまり言葉を交わしていない。

それでも今、ある意味で独りであることを厭《いと》わなかった。なぜなら自分と向き合う時間となったし、集中を切らすことなくサッカーに打ち込めるからだ。チームを見渡せば、そういうストイックなタイプも何人かいた。自分以上に打ちのめされ、孤独を感じているであろう米谷も、そんなひとりだった。

赤組から半ば追放されたかっこうの米谷は、すっかり変わってしまった。裏切られたと感じているのか、赤組の元チームメイトとは交わらなくなった。かといって白組に溶け込もうとする姿勢も見せない。においを嗅《か》ぎ分けたのか、ひとりでいることの多い遼介に時々話しかけてくる程度だ。自業自得な面もあるが、米谷に話しかける者はいない。

米谷は、県北東部の太平洋に面している海岸沿いの港町から学校に通っている。毎日学校まで自転車と電車で約二時間半かけてたどり着く。「ちょっとした旅なんだよ」そう言ったときだけ、口元を自虐的にゆがめてみせた。七時半からの朝練に参加するには、いったい何時に起きるのだろう。ふと思ったけれど、遼介は尋ねはしなかった。

試合前のアップ終了後、青嵐白組に集合の声がかかった。

照井がメンバー表を手にしている。選手登録は試合ごとに、開始三十分前までに本部に提出する規則であり、どうやらその控えらしい。

「いつものように4―4―2でいくんで、よろしく。先発メンバーは昨日決めた通り。上崎は中盤の真ん中でいいよな」

「オッケー」

上崎は額にスポーツ用の細いヘアバンドを巻きつけながら、親指を立てた。

「じゃあ、いちおう発表する」

照井が先発する選手の名前とポジションを、メモを見ながら読み上げた。

「おれは？」

名前を呼ばれなかった米谷が言った。

「おまえ、昨日のミーティングに参加しなかったよな。それに紅白戦で退場処分を受けたろ。練習試合とはいえ、一試合の出場停止。そう決まった。三嶋さんも、それには賛成だ」

「マジかよ、負けてもしらねえぞ」

米谷の毒を含んだ言葉には、申し合わせたように、だれも反応しなかった。


米谷の件は、昨日のミーティングでも話題になった。しかし一番時間をかけたのは、センターバックの常盤の穴をだれが埋めるのか、という問題だ。

センターバックというポジションは経験がものを言う。そう口にしたのは、相棒を探す照井で、その意見を尊重し、経験者から選ぶ流れになった。

「じゃあ、センターバックの経験ある人？」

中三のときにやったことのある遼介は、しかたなく右手を挙げた。

三人の手が挙がった。サイドバックをやっている和田《わだ》と斉藤《さいとう》だ。

「リョウ、頼むわ。チームのためだからさ」

チームメイトの前で照井に懇願された。

手など挙げず、黙っているべきだっただろうか。でも、チームには遼介が中学時代センターバックをやっていたことを知っている者が何人かいた。

白組メンバーは無言で遼介の返事を待っている。

ここで拒否したらどうなるのか。

そう思ったとき、「おれがやろうか」と声がした。

「でも巧は、サイドバックか中盤やりたいんじゃないの？」

同じポジションのライバルでもある和田が言った。「それに経験ないんだろ？」

「まあ、それは……」

小さな声になった。

巧にはセンターバックの経験はない。巧がサイドバックに入り、和田か斉藤がセンターバックに入ってくれればとも思ったが、話はそういう方向には進まなかった。おれがやろうか、と申し出た巧の真意はわからない。どんなポジションだろうが、まずは試合に出たかったのかもしれない。けれど、センターバックというポジションは、そんなに甘いものじゃない。白組に落ちてきた巧もまた、もがいているのかもしれない。

――それとも。

「わかった。やるよ」

遼介は話がややこしくなる前に結論を出した。「ただ、自分の希望のポジションでもプレーさせてほしい」そうつけ加えたが、確約がとれたわけではない。

そんなやりとりの末、遼介はまたしても望まないポジションにつくことになってしまった。

「おれと同じフォワードなのにな」

話し合いのあと、三宅がなぐさめのつもりか声をかけてきた。

「それも勘ちがい。おれ、中盤の選手だから」と遼介は言い返した。

「そうだったんだ」

ばつが悪そうに三宅は笑っていた。


遼介がディフェンダーとして公式戦に出場したのは、約一年ぶりのことだ。一緒にセンターバックを組む照井は、自然と声が出るタイプで基本的にはやりやすかった。麦田に代わってゴールを守るキーパー西のサポートも心強い。チームが集中を切らさないよう、声を出し続け、遠めから打ってくる敵のシュートを落ち着いて処理して見せた。

こうして試合のピッチに立てば、白組といえども、全員が巧《うま》い。それは中学時代のチームメイトと比べても、対戦している県3部リーグの高校と比べても明らかだ。テクニック、スピード、フィジカル、どれをとっても平均以上のものをチームメイトは兼ね備えている。個人としても、チームとしても大きな穴はない気がした。

なかでも中盤のセンターに入った上崎には余裕すら感じる。上崎は、遼介が理想とする技術をすでに習得しているかに見えた。それは自在に使える両足だ。遼介も利き足ではない左足を中学時代から練習してきたが、レベルがちがう。上崎は両足が利き足であるかのようだ。

どうやら上崎は、赤組で同じポジションについている奥田とも、あるいは米谷ともタイプが異なる。どこに目がついているのだろうと思うほど、周囲が見えている。不思議なのは、それなのにあまり首を振らないことだ。

特長のひとつは、からだや視線が向いているのとはちがう方向に出すノールックパスだ。

——そっちか。

後ろから見ていて、何度かハッとさせられた。

一瞬でまったく新しい風景をピッチに創りだす力を持っている。いわば芸術的プレーヤーだ。

だが、驚きをともなう上崎のパスが得点に結びつかない。チームメイトとの意思の疎通ができていないせいだ。結局、惜しいパスで終わってしまっている。素人が見れば、どこに蹴ってるんだ、と言われかねない。じつにもったいない。寡黙にプレーする上崎のレベルにまわりが追いつけていない。そのことが遼介には、はっきりわかった。

それでも上崎は苛立《いらだ》ちを見せない。どこか冷めている。かと思えば、あっさりボールを失い、遼介をあわてさせるシーンもあった。しかしその直後に、トリッキーなプレーで相手を翻弄《ほんろう》し、観戦者をわかせる。不思議なやつだ。

前半は、青嵐高校白組が試合を支配したと言っていい。しかし、なかなかゴールを奪えない。上崎が何度か演出した決定的なチャンスを、ツートップの三宅も淳也も生かすことができない。

前半終了間際、上崎が初めてドリブルで上がった。するすると二人を抜き去り、ペナルティーエリア内に進入し、敵のディフェンダーを引きつける。最後はキックフェイントで釣ってキーパーを倒し、「どうぞ打ってください」というパスを、なかで待つ淳也に送った。淳也はインサイドキックでゴールに流し込むだけでよかった。

——さすがは、上崎響。

そう思わせる個の力だった。


後半、小野君が交代出場した。ビデオカメラの撮影は、紅白戦でミスを犯し、出番を失った麦田に引き継がれた。その麦田と、出場停止処分扱いの米谷を除いて、全員がピッチに立つ選手交代の手筈《てはず》がハーフタイムに確認された。巧も短い時間ながらサイドバックで出場した。

後半も当然のようにピッチに残った上崎を中心に白組は攻め、2対0で勝利した。追加点を奪った展開は1点目とよく似ていた。上崎が敵のディフェンダーを引きつけ、ゴール前でフリーになった三宅にパスを通した。ひさびさの得点に三宅は喜んでいたが、完全にエースがお膳立《ぜんだ》てをしたゴールといえた。

結局、遼介は後半の途中で交代退場するまで、センターバックのポジションでプレーを続けた。

大会初日、青嵐サッカー部一年は二連勝。予選リーグBブロック首位に立った。

大会二日目も猛暑となった。

勝てば全勝で決勝トーナメントへの出場が決まる予選リーグ第三戦は、再び青嵐赤組が出場した。白組は彼らのサポートにまわった。

遼介は昨日に続いて副審を務め、小野君と麦田はビデオ撮影。言い出しっぺの庄司を中心に空のペットボトルに水を詰め、ピッチのまわりに置いてまわった。試合中は、白組の選手がピッチサイドで赤組の応援を始めた。その先頭に立っているのは、赤組に所属していた陽気な三宅だ。メガホンを手に音頭を取っている。これまではなかった光景だ。

遼介にしても、赤組には勝ってほしかった。チームはちがえども、同じ青嵐サッカー部。決勝トーナメントに進出し、一試合でも多く、より高いレベルでの戦いのピッチに立ちたかった。

紅白戦による選手の入れ替えは、一年生に変化を与え始めていた。遼介個人も、それは例外ではなかった。どうすれば自分はチームに貢献できるのか、チームメイトに認めてもらえるのか、考えながらプレーするようになった。たとえそれが自分の望んでいないセンターバックというポジションであっても。

フラッグを片手にピッチサイドから試合をジャッジする。それと同時に、青嵐赤組の中盤で米谷に代わって新たに君臨している奥田のプレーに注目した。巧いと一括《ひとくく》りにするのは簡単だが、それぞれの選手には個性がある。自分はどんなプレーヤーを目指すべきなのか、考えさせられた。ピッチを駆ける理想の自分自身の幻を追いかけながら、遼介はタッチライン沿いを走った。

予選リーグ第三戦、赤組は3対0で危なげなく完封勝利。

イエローカードは一枚も出ない、お互いとてもフェアな試合でもあった。

早めの昼食をとった青嵐サッカー部一年は、決勝トーナメントが行われる試合会場に電車とバスを乗り継ぎ移動した。到着した市南西部にあるスポーツパークは、青々とした四面のサッカーグラウンドの広がる素晴らしい施設だ。三嶋の話では、決勝では天然芝のグラウンドを使える。遼介ら白組が出場する次の試合からは、人工芝のピッチでサッカーができる。

「やっぱ、勝つっていいもんだな」

三宅の言葉が笑いを誘った。

たしかにわかりやすい結果だった。決勝トーナメントに進んだ八チームだけが芝生のグラウンドでプレーできる。勝ち残ったルーキーたちのためのご褒美といえた。

「次、頼んだぞ」

日に焼けた顔で奥田が言った。「おれたちも準決勝は必ず勝つから」

その言葉には特別な狙いや深い意味は感じなかった。赤組も白組の勝利を願っている。素直にそう思うことができた。ただ、責任は重大だ。自分たち白組が勝たなければ、上への道は断たれ、三位以下の順位決定戦にまわることになってしまう。

試合会場のトイレに寄った際、管理事務所前に用意された掲示板に、決勝トーナメントの組み合わせが貼られているのを小野君が見つけた。予選を勝ち抜いたチームのなかには、遼介が知っている校名があった。

県立山吹高校。

小・中学時代のチームメイト、星川良が所属するサッカー部。どうやら、予選リーグを順当に勝ち上がってきたようだ。

だとすれば、このスポーツパークのどこかに、

——あいつがいる。

遼介の胸に、ふいに風が吹き、心の岸辺に生えた葦《あし》をざわざわと揺らした。

その風は熱を帯び、葦の穂先をチリチリと燃やし始める。

遼介は唇の端に力を込め、唾《つば》を呑《の》み込んだ。ゴクリと喉《のど》が鳴り、自分が星川と戦うことを渇望していることを強く意識した。

山吹高校とは、トーナメントの山は別ブロック。対戦するとすれば、お互い決勝に進んだときになる。それが実現したときは、絶対に試合に出たい。本来の中盤のポジションでピッチに立つのだ。そのためには、次の試合でなにかを起こさなければならない。

だがそれは、センターバックである今のポジションではかなりむずかしそうだ。

トーナメント表の山吹高校の名前から視線を外し、プリント全体に視野を広げた。そのトーナメント表のなかに、もう一校、気になる校名を見つけた。

「――というのもさ、相手は私立だからね、サッカーにえらく力を入れてるらしい。まちがいなく今までの相手より一枚上だよ」

隣で小野君が次の対戦相手、梅倉学館《うめくらがっかん》について夢中になって説明していたが、半分はうわの空だった。


試合開始時間は午後二時。中天まで駆け上った太陽が、ユニフォームから露出したあらゆる部分を容赦なく焦がし始めた。試合前には歓迎していた人工芝のピッチだったが、その恵まれたかに見えた青い絨毯《じゅうたん》が、遼介をひどく苦しめることになった。

夏場の人工芝は、天然芝より表層温度が二十度も高くなると聞いたことがある。どうやらそれは本当の話のようだ。緑色のピッチがこんなにも熱くなるのは、人工芝に充塡《じゅうてん》された1ミリくらいの黒いチップのせいかもしれない。足腰の負担を軽減させる緩衝材らしいが、スパイクのなかにまで黒い粒は入ってくる。

開始5分でスパイクを履いた遼介の足の裏が熱くなった。まるで熱せられたフライパンの上でプレーしているようだ。足の裏だけでなく、モワッとした重く熱い空気が、からだにまとわりついてくる。

決勝トーナメントに進出してきた赤いユニフォームの梅倉学館は、予選リーグ二位ながら勝ち上がってきたチームだ。フィジカルの強さに特長があると、小野君は言っていた。センターバックの遼介が対峙《たいじ》した敵のフォワードも背が高く、ヘディングの競り合いになかなか勝てない。下半身だけでなく、すでに上半身も発達した筋肉で覆われている。

たしかに遼介より身長が高いわけで、同じようにジャンプをすれば背が高いほうが勝つのが道理だ。どうすれば競り合いに勝てないまでも負けないのか。本職の照井を参考にしようとするが、その高さのある照井でさえ、あまりいいところがない。遼介はなるべく高くジャンプするように心がけた。

前半12分。ロングボールを蹴《け》り込んでくる敵にコーナーキックを与えてしまう。遼介のヘディングがそれてしまったのだ。

ゴールを守る西が声を張り上げ、味方に注意を呼びかける。

青嵐のホリゾンブルー、梅倉学館の赤のユニフォームがゴール前に集まってくる。この時間を使って、何人かがゴールポスト脇に置かれたペットボトルの水に早々と手をのばした。遼介もそうしたかったが、自分のマークすべき相手から離れることができなかった。

青嵐白組は、コーナーキックの際は基本的には地域《ゾーン》で守る。だが、高さのある敵のキーパーソンは、同じく高さで勝負できる選手が一対一でマークする。しかし常盤のいない現チームでは、その役目を担える身長180センチクラスの選手は、照井しかいない。対する相手は9番の長身フォワードだけでなく、ゴール前に上がってきた4番、黄色いキャプテンマークを左腕に巻いたセンターバックも上背があった。

「リョウ、4番頼むわ！」

9番のマークについた照井が振り向いた。その顔はこわばっている。

「おい、集中しろ！」

西が水を飲んでいる選手を咎《とが》めるように叫んだ。

照井がマークのために背中にまわした手を、赤の9番は振り払いながらにらむ。照井も負けじと、無言でにらみ返している。

遼介は自分より10センチは高そうな赤いユニフォームに近づくが、マークされるのを嫌う4番はうろうろと動きまわる。遼介が前に入ろうとすれば、背中を押して離れていく。相手の顔は見ないようにして、再び自分がマーカーであることを知らしめる動きをとった。コーナーキックの直前、それぞれの持ち場で選手同士の小競り合いが起きている。

笛が鳴り、いったんゲームが止まった。額に汗を滲《にじ》ませた主審は、照井と敵の9番を呼び、注意を与え、両手を外側に広げるジェスチャーをとった。二人はいったん離れるが、再び絡み合う。

あきらめたように主審が試合再開の笛を鳴らした。

遼介がマークについた4番は、ゴール前の密集地帯からやや離れ、ゴールラインに平行なペナルティーエリアのライン上、ややファー側で動きを止めた。

――どこを狙ってくる。キックポイントのコーナーから近いゴールポスト付近のニアサイドか、あるいは遠い、ファーサイドか。

このときだけは、自分のほうへ飛んでくるなと遼介は弱気になった。

コーナーアークに置いたボールの前に立った敵のキッカーが手を挙げ、スタートを切る。そのタイミングで、照井がマークについた9番がニアの位置へ入ろうとする。そうはさせじと照井がからだを寄せながら並走する。背の高い二人がもつれながら遠ざかる。

蹴った瞬間、落下点を予測する。

――ニアじゃない！

ボールは思いがけず高く上がった。ゴールポストの遠いほうに向かって飛んでくる。

――こっちだ。

思った瞬間、敵の4番が後ろに逃げる。

「ファー！」と西が叫んだ。

なんとか敵の4番の前に入った遼介は、ボールをクリアしようと身構える。が、ジャンプのタイミングが遅れた。そのとき、自分の首の後ろ、頸椎《けいつい》のあたりに、なにかがのしかかってきた。それは4番のからだの一部らしき感触だった。

一瞬、「うっ」と首をすくめた。

敵の4番は、遼介の頭越しにヘディングでボールをなかに折り返した。前のめりになりながら、遼介はそのボールの行方を視界の隅でとらえた。

次にボールに触れたのは、ペナルティーアーク付近から飛び込んできた赤いユニフォームの小柄な8番。ニアサイドからファーサイドへ振られた西が開けてしまったゴールのど真ん中、ヘディングシュートがネットに突き刺さった。

照井のマークした9番は完全におとりだった。最初からファーを狙い、その折り返しを決める作戦だったのだ。狙い通りにやられてしまった。

「クソッ」

照井が声と息を同時に吐いた。

「だれ、マーク外したの！」

西が苛立《いらだ》ちまぎれに怒鳴った。

うつむいた遼介の鼻先から汗がしたたり落ちる。今のは、自分のミスだ。頸椎に当ったのは、４番の折り曲げた腕で、その腕でジャンプを押さえ込まれ、逆に反動を利用されてしまった。言ってみれば、敵の４番の踏み台として利用されたのだ。その範囲でなら、笛は鳴らない場合もある。そのことを学んだ。

自分の呼吸音だけに包まれ、うなだれているとき、声が聞こえた。

「武井、集中切らすな！」

ピッチサイドから聞こえただみ声は、米谷だった。

悔しさがこみ上げてくる。

リスタートのボールがセンターサークルの中央に運ばれた。その前に立った上崎が腰に両手をあて、首を横に振って見せた。クールではあるが、不満を露《あら》わにしていた。

前半で追いつこう。だれもがそう思っていたはずだ。

こんなところで負けるはずはない。やつらは県2部リーグに過ぎず、おれたちは1部のサッカー部じゃないか。チームには、Jリーグの下部組織に所属していた上崎だっている。すぐに追いつける。

前半終了間際、白組にアクシデントが発生した。敵と接触した照井がピッチに倒れ込んだ。しかしファウルの笛は鳴らず、主審はゲームを止めない。なにが起きたのかもわからなかった。

「アウトボール！」

サイドバックの和田が手を広げた。ボールをピッチの外にわざと出し、いったん試合を止めるよう敵の選手に求めたのだ。

何事かと、青嵐の選手たちは集中を切らした。

しかし、敵は要求に応じてくれなかった。

いわばその混乱に乗じて梅倉学館は攻め込んできた。前に出ていた西の頭上を、敵のふかし気味のシュートが越え、あっけなく2点目を奪われてしまった。

西が主審に抗議をしたが、ケガ人が出たときにプレーを切るのは、あくまでフェアプレーの精神に基づく行為で、プレーを続けようがルール上はなんの問題もなかった。

　言ってみれば格上の青嵐相手に、梅倉学館にはそんな余裕も筋合いもなかったのかもしれない。チームとしての未熟さ、甘さが顔をのぞかせた。


——前半の35分が過ぎ、2点ビハインドで迎えたハーフタイム。貴重な休憩時間は、試合時間同様、通常より短く、五分しか与えられていない。

　ベンチに座ったままの三嶋はキャップを目深にかぶっている。もどってきた選手に、「後半に向けて自分たちで話し合え」と言ったきり黙ってしまった。選手に考えさせる、というやり方のようだが、ゲーム内容に不満のあることは、声の調子で伝わってきた。

　前半終了間際に負傷した照井は、左腕に巻いたキャプテンマークをすでに外していた。右足首をひねったあと、そのオレンジ色の腕章を上崎に託し、自らピッチをあとにした。それでも照井は、全員の水分補給が終わる前に、しゃべり始めてしまった。もっと走ろうとか、ゴールを決めようとか、取り留めのない話だった。この酷暑のピッチでの試合運びも大切なテーマのはずだが、それに言及する余裕は最早《もはや》なさそうだ。

　そこへ、心配顔の常盤がベンチに近づいてきた。白組元キャプテンは、赤組では出番が少なく、長い時間ベンチを温めていた。

「テリー、だいじょうぶか？」

「ダメ、やっちまった」

「どうする、後半のセンターバック？」

常盤が心配そうに言ったとき、パイプ椅子に乗せた三嶋の腰がもぞもぞと動いた。

「あんた赤組だよな、混乱するから向こういってくんない」

犬でも追い払うように手を振ったのは、上崎だ。その左腕にはキャプテンマークは巻かれていなかったが、少し苛立っているようにも見えた。

おそらく上崎が言わなければ、三嶋が注意していたはずだ。遼介にしても、それはちがうだろ、と感じた。

常盤は察したのか、「そうだな、スマン」と言ってあっさり引き揚げた。

照井に代わって後半だれがセンターバックに入るのか、話し合いが始まった。2点をリードされている状況でもあり、単純にディフェンスの枚数を減らす意見も出たが、その案は腕組みしたまま聞いていた三嶋によって却下された。

「なあ、このままじゃ、マジで終わっちまうぞ」

話し合いの輪から外れた場所で米谷が声を上げた。「おれを出せって」

少し間を置いて、照井が言い返した。「うるせえよ、今はセンターバックについて話し合い中だ」

短いやりとりのあと、後半の交代メンバーが照井によって告げられていく。遼介は前半に続いてセンターバックでの出場を求められた。

「ちょっといいかな？」

ベンチ脇でスパイクを脱ぎ、足を水で冷やしていた上崎が口を挟んだ。「ほんとに、それでいくつもり？」

「いくつもりだけど……」

照井の声は小さかった。

「ていうか、ほんとにそれで逆転できると思うわけ？」

「なんか意見あるなら……」

「大きな疑問があるね」と上崎は声を強めた。

照井をはじめ、白組メンバーは全員、上崎に視線を集めた。三嶋も聞き耳を立てている様子だ。

前半、上崎自身は執拗《しつよう》なマークとチャージを受け、思うようなプレーができていない印象が残っていた。

「たしかにおれは、この大会で初めてみんなとプレーしてる。でも、そんなおれにも、わかってることはある。まず米谷だ。なぜこの〝闘犬〟をうまく使わないんだ？」

「闘犬って、犬かよおれは……」

米谷が舌を鳴らす。

「〝ヨネちゃん〟、あんたセンターバックの経験くらいあんだろ？」

呼び方をあらため、上崎が尋ねた。

「なくはないよ」

　おかしな呼ばれ方にふてくされつつ答える。

「え、あんのかよ」と照井が反応した。

「たぶん、だれかさんより空中戦は強い」

「なにっ？」

「まあまあ、テリー。やっぱり経験あんだよね」と上崎。

「もともとはセンターバックだった。でも……」

「ファウルが多かったりして？」

「まあ、それもある」と米谷は素直に認めた。

「じゃあ、後半はリョウと米谷に組ませるのか？」

　照井の目が泳いだ。

「いや、そうは言ってない」上崎が否定した。

「え？　じゃあどういうこと？」

「おれが一番疑問に思っているのは、別のことさ」

「別のこと？」

「そう、彼だよ」

　上崎が右腕をスッと上げ、ひとりの選手を指さした。

　そのすらりとした指の先には、遼介がいた。

　上崎の頬は不敵にせり上がり、鳶色《とびいろ》の瞳《ひとみ》にはひと目でわかる苛立ちの色が滲《にじ》んでいる。

どうやら遼介のプレーが、チームのエースを怒らせてしまったようだ。前半だけで2ゴールを許したセンターバック。失点に絡んだのは事実でもあった。

そのとき、三人の黒服の審判団がピッチに姿を現した。決勝トーナメントからは、副審も大会本部のセットに替わった。フラッグを手にした副審が両サイドに分かれ、ゴールネットの確認を始めた。主審はセンターサークルのなかに立ち、腕時計を気にしている。

いったいなにを言い出すつもりなのか。遼介は、自分を指さした上崎から視線を外した。潤したばかりの喉《のど》が、早くも渇き始めた。

「どうしたって？」

割って入った声は巧だった。巧は目を細め、上崎をにらむように見ている。

「この人、なんでセンターバックやってるの？」

上崎が口を開いた。

「なんでって、センターバックの経験者だし……」

照井が顔に苦笑を浮かべた。「――ほかにいないし」

「なにが言いたいんだよ」

巧の冷めた声がした。

「あれ、ここにもおれの知ってる人がいた」

上崎はわざとらしく口元をゆるめた。「ひさしぶり」

2点をリードした梅倉学館のベンチのほうから激励の声や拍手が起き、選手たちがピッチにぞろぞろと出てきた。いよいよ後半が始まる。

「おいおい、時間が無い。後半は米谷がセンターバックでいこう。その代わり、つまんないファウルすんなよ」

照井がまとめに入ろうとした。「それともう一枚だけど……」

「だからさ、言ってるじゃん。この人、武井遼介だよね。おれが思うに、ぜったいセンターバックには向いてないよ」

上崎は断じてから、唇の右端を持ち上げ、片目をつぶった。

「中盤で、おれと組んでくれ」

上崎はまっすぐに遼介を見て告げた。

遼介も今度は目をそらさなかった。

その遼介の胸に、上崎がなにかを放った。くしゃくしゃになったオレンジ色。それは、チームを率いる者だけが巻くことを許される腕章だった。

試合再開前、人工芝のピッチに青嵐白組イレブンは円くなって集まった。

「サッカーでは、2対0は危険なスコアだってよく言うよね」

ユニフォームの衿《えり》を立てた上崎が切り出した。「まあ、この試合はそれを確かめる、いい機会になりそうだな」

一発勝負のトーナメント、2点リードされている側に立つ者とは思えないせりふだ。

遼介を見た上崎の目は、そう思わないか、と同意を求めているようにも映った。サッカーのプレーの最中だけではなく、上崎は常に物事を俯瞰《ふかん》してとらえる癖があるのかもしれない。どこか冷めてもいる。

しかし上崎の言葉に、だれも反応を示さなかった。というよりも、そんな余裕はなさそうだ。

「まず1点返そう」

黙りがちになるチームメイトを見て、遼介は現実的な言葉を口にした。

「まあ、それが妥当だろうね。残念ながら、サッカーにツーランホームランはない。もちろん、グランドスラムも」

上崎は薄く笑みを浮かべた。

「そのためには、後半の立ち上がりが大事になるよね」

指摘したのは左サイドハーフで出場する小野君だ。「前半とはちがうってことを、敵に思い知らせるためにもね」

前半との変化をどのようにもたらすのか、そのやり方について、小野君はとくに口にしなかった。それぐらいわかっている選手の集まりだと認めているのかもしれない。

「じゃ、いこうか」

上崎はセンターサークルのほうへ、さっさと歩き出した。

「おい、円陣は？」

米谷がすかさず呼び止めた。

「肩組んで声出さねえのか？」

「まあ、いいからいいから」

上崎は振り返らずに言った。

なにがいいのか、よくわからない。

あっけにとられたメンバーは拍子ぬけした顔を見合わせ、それぞれ自分の持ち場へと移動を始めた。前を歩く背番号10を見ながら、遼介はふっと笑ってしまった。おかげで、余計な気負いを抱かずにすんだ気もした。

対する梅倉学館の円陣は、盛大に声を張り上げてから、グラウンドに散った。

最終ラインからポジションをひとつ上げた遼介は、同じ中盤で組むことになった上崎の意図をつかみ切れていなかった。なぜ上崎がハーフタイムにとつぜん遼介の名前を口にしたのか。しかもフルネームで。いや、そもそも自分を知っていることすら、驚きだった。

だが上崎の言葉は、白組において絶大な効力を発揮してくれた。厄介者扱いされていた米谷が、ケガの照井に代わって今大会初めて出場することになり、前半サイドバックだった和田とセンターバックを組むことがあっさり決まった。和田が空けたポジションには、巧が入り、遼介は念願の中盤中央のポジションにつくことができた。

さすがに上崎が放って寄こしたオレンジ色のキャプテンマークは、すぐに返したけれど──。

「リョウって、上崎君と知り合いなの？」

小野君の質問には答えなかった。

上崎もまた、キャプテンマークを腕に巻かなかった。そのため、いわばキャプテン不在の状態で白組は試合に臨んでいた。

──後半開始のホイッスルが鳴る。

笛が鳴ってからの5分で、まずなにかを起こさなければならない。そうすることで、前半とはちがう印象を敵に与え、試合の流れを変えられるはずだ。

二枚のフォワードを追い越し、遼介はキックオフされたボールを追った。なにをすべきか示そうとしたわけではない。自分の気持ちに素直にからだを反応させただけだ。だれも「行くな」とは言わなかった。むしろ焼けるような夏の陽射しのなか、自分ではないだれかが行ってくれることを望んでいたかもしれない。

センターバックでプレーした前半の印象としては、敵に決定的なシーンを何度も作られたわけではなかった。数少ないチャンスをものにされてしまった。最初の失点は、コーナーキックから。2点目は終了間際の照井の負傷というアクシデントがらみ。いわば一瞬の隙をつかれたゴールだ。そこには、予選を二位で勝ち上がってきたチームに自分たちが負けるはずがない、という驕《おご》りがあったかもしれない。

攻撃では、ビルドアップの段階から上崎にボールを集める戦術がうまく機能しているとは言えなかった。青嵐の10番が白組の攻撃の要《かなめ》であることは、すでにチームメイトのだれもが認めている。2対0で勝った前の試合、上崎は2アシストを決めた。ドリブルでゴール前に上がったあと、ラストパスを出さずに自分でゴールを決めることも、上崎ならばできたようにも思えた。

勝利という結果をもたらしたエースに、この試合でも前半からボールが集まった。悪く言えばチームは上崎頼みに傾いた。そこを読んだ梅倉学館は、上崎に仕事をさせまいと、序盤からマンマークをつけてきた。丸刈り頭の敵の15番だ。その15番ともうひとりで上崎をハメようとする場面が、前半何度も見受けられた。ときには三人がかりで囲い込んだ。厳しいマークに晒《さら》された上崎は、前の試合のような自由は与えてもらえなかった。

上崎という選手は、フィジカルがとくに強いわけではない。どちらかといえば相手との接触を避けてプレーしたがるタイプだろう。それを見越してか、マーカーの15番はファウルすれすれのアプローチをくり返した。ときには笛が吹かれたが、警告のカードまでは出ない。そういうやり方をベンチから指示されているのかもしれない。相手の嫌がる行為をくり返し仕掛け、戦意や集中力を削《そ》ごうとする策だ。

同じ一年生同士だというのに、上崎だけでなく、白組全体を見渡してもフィジカルコンタクトで勝てない場面が目立った。三嶋によって鍛えられたはずだが、まだまだ足りない。遼介自身もそれは感じた。先制点を奪われてからは、敵の圧力に呑《の》まれた感すらあった。そんな流れを後半開始早々に、なんとか取りもどしたかった。

　梅干し色をした渋めの赤いユニフォームは、攻撃ではロングボールを多用してきた。ボールは上崎と遼介の頭上を空しく通過していく。中盤を省略することによって、そこでの攻防の機会を減らす狙いがあるのかもしれない。だとすれば、それにつき合うわけにはいかない。サッカーのゲームで最もしてはいけないのは、相手のペースに巻き込まれることだ。それは敵の罠《わな》だと言ってもいい。

　開始早々に見せた遼介のしつこい相手への追い回し《チェイシング》に連動するように、フォワードの三宅や淳也だけでなく、左サイドハーフの小野君も執拗《しつよう》にボールを追った。そのせいか、敵の後方からの長距離パスは正確性を欠き始めた。

　後半、青嵐のディフェンスラインは明らかに前半より高い位置をとっている。ベンチから指示が出たわけではなく、だれかが意図的に変えたのだ。センターバックに入った米谷の仕業にちがいない。ピッチには、赤組でチームを統率していた頃の掠《かす》れ気味の声が響き渡った。紅白戦の際は耳障りだったそのだみ声も、味方となった今は心地よくさえ聞こえるから不思議だ。

　そんな米谷は、敵とのロングボールの競り合いに負けなかった。米谷のほうが身長で劣る場合でも、なぜか頭で先にボールにさわり、はね返した。遼介や照井が手を焼いた長身フォワードの9番との空中戦でも、敵に自由にはやらせなかった。

　押し上げたディフェンスラインと前線が近づきコンパクトになったプレーエリアで、

中盤下がり目の上崎がボールを拾い、前を向く。遼介は上崎に近づきながら、パスをもらえるようサポートする動きをとる。だが、ボールは出てこなかった。パスをもらえたら、ワンタッチで上崎にもどすつもりでいたのだが……。

上崎は、遼介に中盤で組むよう求めてきた。言ってみれば、これは上崎から与えられたチャンスだ。ならば、遼介は上崎をできる限りサポートし、生かすべきではと考えた。チームのエースに認められることこそ、サッカー部での地位の向上につながるはずだ。しかしそれはありきたりで、おもしろみのない発想でもある。

0対2というこの状況、このポジションで自分はなにを優先すべきなのか。

一緒にプレーしたことのない遼介を上崎が指名したのは、認めたからではないはずだ。前半に中盤で組んだ庄司が、もの足りなかっただけかもしれない。前半の庄司は、どこか上崎に遠慮がちにプレーしていた。庄司は主に守備にまわり、上崎を立てようとしているようにも映った。そんな消極的なプレーでは意味がない。遼介にしても、試されているといっていい。

ピッチの上ではほとんど言葉を発しない上崎が、自分になにを求めているのか、それを知りたかった。

ただ、パスをもらえなかった今のシーンについて言えば、上崎はわざと遼介へのパスを見送ったようにも感じた。その判断には、なにかしらの意図があるはずだ。上崎くらいになれば、一つひとつのプレーにメッセージが込められていても不思議ではない。言葉ではなく、態度でもなく、プレーによるコミュニケーション。

それとも上崎は、小学六年生当時の遼介との対戦を覚えているのだろうか。優勝候補のキッカーズの10番だった上崎とは、大会初戦で対戦した。春の全日本少年サッカー大会県予選の際は、0対6で遼介の所属するチーム、桜ヶ丘FCはキッカーズに完敗を喫していた。同じく10番の背番号をつけた遼介にとって、これまでにない屈辱だった。しかし、遼介たち桜ヶ丘FCは、卒業間近の大会、キッカーズとの雨中の再戦で、終了間際1対1の同点に追いついた。その追加時間《アディショナルタイム》でのゴールを決めたのが遼介だ。そして続くPK戦で上崎のプライドを打ち砕いた。それはだれも予想しなかった大番狂わせ、サッカー用語で言うジャイアントキリングと呼べる桜ヶ丘FCの勝利だった。

上崎がパスを寄こさなかったのは、そんな苦い思いを味わわせた遼介への腹いせだろうか。あえて遼介を指名し、自分と組ませながらパスを出さず、干そうとでもいうのか。その可能性だってなくはない。そう思い至ると、ぞっとした。

遼介はサッカー部におけるさらなる孤立を望んではいなかった。ただ、自分は今の上崎のことを、なにも知らない。上崎が、今の遼介のことをなにも知らないように。

試合中の雑念がミスを誘ったのかもしれない。遼介はなんでもないボールをトラップで弾ませてしまい、ボールを奪われてしまった。その敵のチャンスの芽を摘んでくれたのは、ディフェンスラインから飛び出してきた米谷だ。ドリブルで仕掛けた敵の選手に、躊躇《ちゅうちょ》なく深いタックルをお見舞いした。その丸刈り頭の選手は、上崎を執拗にマークしていた、いわばエース殺しを任された選手でもあった。

主審が笛を強く吹いた。

米谷はめずらしく倒した相手に手を差しのべた。しかし15番はその手を払いのけ、苛《いら》立《だ》たしげに顔を背《そむ》けた。

米谷が主審に呼び止められる。カードが出るかと思ったが、主審は注意にとどめた。ポーズだとしても、ファウル後の米谷の態度が影響したのかもしれない。

「サンキュー、ヨネちゃん」

上崎の声がした。

遼介も声をかけた。自分がミスをしなければ、不要なファウルだった。

「すまん、米谷」

ちらりとこちらを見た米谷は親指を立て、なにも言わず自分の持ち場に帰っていった。眉《み》間《けん》にしわを寄せたその表情はあいかわらず険しいものの、サッカーがプレーできる、ある種の高揚を浮かべてもいた。

ハーフタイムに照井からファウルをするなと忠告された米谷だったが、必要とあらばファウルも辞さない。その一貫した姿勢は頼もしくもあった。おそらくそれこそ、上崎が米谷に求めた、チームに足りない精神《スピリット》なのだ。

――だとすれば、上崎が自分に求めているものは……。

その答えは、少なくとも上崎をサポートするだけの動きではないはずだ。上崎は自分で打開するだけの個の力を持っている。上崎のためにプレーするのではなく、ゴールを奪うために、やるべき自分の役割があるはずだ。

そのことを試すチャンスはすぐに訪れた。味方のディフェンスラインがまわしたボールを受け、上崎がターンを仕掛ける。背後に張りついた、同じ背格好の15番をいなして前を向く。15番は米谷からのタックルを受けた直後のせいか、動きが鈍い。

せっかく上崎が前を向いたのに、味方フォワードの三宅も淳也も敵のディフェンスを背負ったまま足を止めている。両サイドの選手も動き出しを見せない。

ならば、と遼介は、バックステップでツートップの手前に移動しながら敵のマークを剝《は》がし、自分の前にパスの通り道となるスペースを拓《ひら》いた。上崎はといえば、まったく別の方向を見ている。だが、からだを反転した遼介がゴールに向かおうとした、まさにそのとき、上崎が右足をコンパクトに振った。

——来たっ。

パスが来た！

からだはまったく別なほうを向いた、ノールックパス。人工芝の上を滑るようにグラウンダーの速いボールが近づいてくる。

前を向きながら遼介は、ボールの表面にスパイクの足裏で撫《な》でるように微《かす》かに触れる。人工芝に撒《ま》かれたチップのせいで黒く煤《すす》けたボールのスピードが落ちる。味方のツートップをマークする、敵の二枚のセンターバックのあいだを遼介とボールは風のように通り過ぎていく。スパイクのつま先に当たったツータッチ目が少しだけ強くなり、ボールが足もとから離れてしまう。飛び出してきたゴールキーパーが迫ってくる。ボールをつま先で浮かそうとしたが、間に合わない。ボールをからだで堰《せ》き止めるようにしてキャッチしたキーパーを飛び越えるしかなかった。自分の顔からはがれた汗の粒がいくつも見えた。

絶好のチャンスだった。

ピッチサイドのため息が聞こえてきそうだ。

「くっ」と遼介は声を漏らす。

だが、上崎の狙いはつかめた。

上崎は、パスの受け手を求めている。上崎に近づくのではなく、逆に離れてフリーになり、決定的な仕事をこなせる二列目のプレーヤーを必要としている。そう気づけた。

後半開始16分、上崎が倒された。そのファウルの笛のあと、暑さのせいか、敵、味方ともに足が止まった。上崎も自分の足を気にする素振りを見せた。

その間隙《かんげき》を遼介は見逃さなかった。

遼介は敵の背後をまわり、味方のフォワードを追い越す動きをとった。もう上崎は見なかった。見る必要はなかった。自分が上崎の立場であればこうするだろう。そう思えるプレーを、受け手になってイメージすればいい。敵のディフェンスラインを斜めに越える瞬間、首を振る。

――見えた。

真っ青な空に浮かんだ白いボール。

その上崎から送られた絶妙な放物線を描くループパスを走りながら胸でトラップ。やや右サイドに流れそうになるが、ボールが落ちる前に右足のインサイドでコントロールしゴールに向ける。常にファーストタッチはゴールへ。そう心がけてもいた。タッチラインを走る副審のフラッグは上がっていない。遼介は敵のディフェンスラインの突破にまんまと成功した。中途半端なポジション取りをしているキーパーの腰がくだけ、顔が引きつるのがわかった。だが、背後には足音が迫っている。

「シュート、シュートで終われ！」

かすれた声が叫んだ。

遼介は両足の歩幅を狭め、小刻みにステップを踏む。ボールは右膝《みぎひざ》の下で支配した。こうすれば、ファウル以外にボールを奪うことはできない。左、そして右からも赤いユニフォームの選手が顔を出したそのとき、遼介は右足の甲を押し出すように振り抜いた。放たれたボールが宙を駆ける。飛距離はじゅうぶんだ。頭を越えそうなボールに向かって、キーパーが下がりながらジャンプする。そののばした右手のキーパーグローブの指先を越え、ボールはゴールの枠に吸い込まれていく。

――もらった。

と思った瞬間、遼介が放った希望を、白いバーがはね返した。

後ろに反り返ったキーパーが倒れ込む。

ゴール前でバウンドしたボールに、敵のディフェンダーと交錯しながら、頭から飛び込んでいく味方選手がいた。勇気ある者にしかできないダイビングヘッド。ボールがネットに突き刺さった。

「よっしゃー！」

ピッチに倒れ込み、叫んだのは、センターバックの米谷だ。

観戦者からどよめきがわく。

米谷はどうだと言わんばかりに、一緒に倒れ込んだ赤いユニフォームの選手よりも先に立ち上がった。汗まみれの顔には、急に黒子《ほくろ》が増えたように黒いチップがたくさん張りついていた。「ぺっ」と口から吐いたのも、たぶん同じものだ。

梅倉学館のディフェンダーが肩を落とした。

「サンキュー、〝ヨネ〟」

遼介はそう声をかけた。どうしておまえがそこに？　そう思ったが、米谷も感じていたのだ。上崎がなにかを起こすことを。もしかすると遼介の動きも見越していたのかもしれない。そうでなければ、あり得ないゴールだ。

米谷はすぐに気持ちを切り替え、ネットに絡みついたボールを抱え、センターサークルに向かって走り出した。

上崎を見たが、パスを出したときと同じようにそっぽを向いている。

「――ナイスパス」

遼介は心のなかでつぶやいたけれど、自分で決めきれなかった悔しさもあった。

しかしこの1点で遼介の気持ちは晴れた。上崎は自分を必要としている。そう感じることができたからだ。

遼介もまた、上崎同様、ピッチ上での視野は広いつもりだ。よく首を振ることを心がけ、常に周囲を気にとめている。そのせいか、同じピッチに立ち、同じ中盤のポジションに立つと、上崎の考えていること、眺めている風景さえも見えるような気がした。だからこそ遼介は、上崎が繰り出す意表をつくノールックパスに応《こた》えることができたともいえた。

自分は、この男と似ているかもしれない。

10番の背中を見た。

でもそれは心地よいだけではすまされなかった。空恐ろしくもあった。上崎はまちがいなく自分の先を歩いている。これから先、自分の前に立ちはだかる予感がした。そして上崎もそのことを意識している気がした。

上崎は、なぜか遼介のように、常に首をたくさん振ったりはしない。おそらく上崎は、ピッチ上のどこにだれがいるのか、目で確認しているだけでなく、記憶にとどめているのだ。その記憶を基に、時間の経過とともに味方と敵のそれぞれが、どこに動くのか、その位置を予測する能力を身につけている。言ってみればピッチにおける未来予想図によって、正確なノールックパスは生み出される。ピッチの未来を読んでいるのだろう。

ようやく1点差となり、勢いづいた青嵐だったが、その後押し込みながらも追加点をなかなか奪えない。ボール支配率は格段に上がったものの、決定的なチャンスは訪れない。

暑い。それにしても暑い。暑すぎる。同点に追いつくには、あと1ゴール。逆転には、あと二度、敵のゴールネットを揺らさなければならない。しかし後半の立ち上がりから飛ばした遼介の体力の消耗は激しく、からだの怠《だる》さが増していた。すでに足の裏の感覚はなく、乾いた唇は舐めると塩の味がした。

この大会は試合時間が通常より短いためか、給水タイムは設けられていない。ボールがタッチラインを割った際、水分補給をするため、ピッチの外に置かれた透明のペットボトルに手をのばした。試合前に赤組のメンバーが用意してくれた貴重な水だ。

キャップを外し、勢いよくボトルを傾けた。次の瞬間、遼介はからだを折り曲げ、口に含んだ液体をすべて吐き出し、咳《せ》き込んだ。

――なんだ、こりゃ。

最早それは水とは呼べなかった。熱湯に近い。

直射日光を浴びた透明なペットボトルの水は、スパイクの裏と同様に人工芝の上で熱せられてしまったのだ。Aチームが使うスポーツ用のスクイズボトルは素材が異なり、しかも夏場には氷を入れるはずだ。

遼介は喉《のど》を押さえ、ペットボトルを投げ捨てた。ひしゃげた容器の口からとくとくと透明な水がこぼれる。キラキラ光るその美しさが恨めしい。

太陽が隈無《くまな》くすべてを照らすなか、じりじりと試合時間が過ぎていく。かさかさに乾いた肌からは、汗すら出てこない。人工芝のピッチのなかは無風で、どこにも逃げ場となる日陰はない。ここは緑色をした砂漠だ。

後半20分が過ぎた頃から、両チーム、足が攣《つ》る選手が出始めた。そのたびに試合が中断し、味方、あるいは敵同士が足をのばし合った。遼介も許されるなら倒れてしまいたかった。でもそうすれば、もう二度と立ち上がれない気がした。戦意が薄れた者には、まちがいなく選手交代が待っている。ベンチにはハイエナのように、今か今かと自分の出番を待ち受けている、同じポジションを争う選手がいる。このままピッチを去ることだけは、したくなかった。

「ここからだぞ」

後半から出場の米谷が吠《ほ》えている。「あきらめんなっ！」

遼介はまともな水が飲みたかった。これほどまでに、からだが水を欲するのは初めてだ。口のなかで唾液《だえき》を集めて呑《の》み込もうとするが、その唾《つば》も粘っていて呑み下すことができない。さっき飲んだ水のせいか、喉がヒリヒリする。ピッチの上に霧が立ちこめたように目が霞《かす》み、自分の呼吸音だけがやけに耳につく。

——もうだめなのか。

心が折れそうになる。

「ラスト5分！」

敵のベンチからコーチのかん高い声が上がった。「守り切れよっ！」

梅倉学館はワントップにしたフォワードまでポジションを下げて、ゴール前に厚いブロックを敷いてきた。青嵐は右サイドから攻め込んだ巧がクロスを上げるが、待ち構えた敵にはね返されてしまう。単純なクロスではうまくいかない。クリアされたボールが、再びタッチラインを割って転がっていく。

そのときだった。ピッチの外側を歩いて来る白いポロシャツ姿の人物が目に入った。次の試合のチーム関係者なのか、肩までのびた髪の上に、ツバだけのサンバイザーをかぶっている。遼介に一番近づいたとき、からだをゆっくり屈《かが》め、ピッチサイドの人工芝の上になにかを置こうとした。

そこだけ日陰になっている横顔が一瞬見えた。

——どうして、ここに。

遼介は幻を見た気がした。

遠ざかる白いポロシャツの後ろ姿に茫然《ぼうぜん》とした。

敵の選手が転がっていったボールを回収してくる前に、遼介はピッチのすぐ外に置かれたカバーの掛かったボトルを拾い上げた。キャップを外すと、なかからひんやりとした冷気が漂ってくる。冷えた水を口一杯に含み、喉を鳴らしながら飲み下した。思わず、「ああっ」と声が漏れる。こんなにうまい水は初めてだ。喉元《のどもと》を過ぎた水が食道を通り、胃へと落ちていく。じわじわとからだに浸透し、毛細血管に吸収され、体中に運ばれていくのさえわかる気がした。

焼けたまぶたの端から涙がこぼれた。それはからだに残っていた、最後の一滴のような気がした。

――やっぱり、そうだったのか。

しかし想いに耽《ふけ》っている場合ではない。思う存分浴びるように飲んだあと、太い血管が通っている首筋、両膝《りょうひざ》、最後に頭に水をかけ、ボトルを放った。ボトルのなかに残った水が、「ガンバレ！」とささやくようにカラカラと音を立てた。

遠ざかる美咲の背中には、もう目をやらなかった。こんなかたちでこんな場所で再会するとは思ってもみなかった。試合開始前に見たトーナメント表には、星川が入学した山吹高校とは別に、もうひとつ気になる高校の名前があった。それは美咲が入学した私立高校だった。葉子が言った通り、本当にサッカー部のマネージャーになっているとは……。

美咲が置いてくれた冷水のおかげで遼介は生き返った。疲れを見せている上崎に声をかけ、自分のポジションを下げた。うなずいたように見えた上崎は、左サイドへと移動していく。今度は自分がパサーとなり、局面を打開する番だ。

しかし時間が無い。

それを承知の赤いユニフォームは、1点を死守しようとゴール前から出てこない。ベタ引きの相手をいかに攻略するのか。敵の裏のスペースを狙いたいところだが、密集地帯の奥にわずかに残されているだけだ。精度の高いパスと、そのパスを正確に生かす連係プレーが求められる。なるべくならその前に、敵の裏のスペースを少しでも広げておきたかった。

味方の最終ラインはハーフウェーライン近くまで押し上げ、米谷はゴール前へと上がっていく。自分の額を指さし、おれの頭に合わせろ、というジェスチャーを見せた。たしかに、ゴール前へロングボールを放り込みシュートを狙う、いわゆるパワープレーに移ってもおかしくない時間帯でもあった。だが白組には、その戦術に適した長身選手はいない。どちらかと言えば、ギャンブルに近い。

遼介は、だれにボールを託すべきなのかわかっていた。それはゴールに至るイメージを共有し、ピッチの上で同じ未来を分かち合える者だ。

「おい、時間、時間。早く放り込め！」

ベンチ後方に陣取った赤組応援団から声がかかる。

どうやら試合は追加時間《アディショナルタイム》に入ったようだ。おそらく次にボールがタッチを割れば、試合終了を告げるホイッスルが鳴るはずだ。

上崎はゴール前には入ろうとせず、密集地帯を避けるようにペナルティーエリアから引いた左サイドにいる。まるであきらめたようにポツンと立っている。それでもあいかわらず敵の15番が影のごとくマークしていた。

その上崎の位置、からだの向き、敵を欺くためのポーズであろう冴《さ》えない表情を頭にインプットした遼介は、センターバックに入った和田からボールを受け、あえて上崎とは逆の右サイドに向かった。ボールを右サイドに移せば、ゴール前の密集地帯は自《おの》ずと右へ動き出す。敵をボールに引きつけ、逆サイドの裏のスペースを広げるのが狙いだ。その意図を、死んだふりをしているあの男なら理解してくれるはずだ。

右サイドの下がり目の位置、ちょうど左サイドの上崎と同じ高さでフリーになっている巧に近づきパスを出す。

「オーバー！」

巧にだけ聞こえるように、遼介は声をかける。

――おまえの外側をまわって追い越す、という意味だ。

巧はファーストタッチで前を向き、迷うことなくドリブルで斜め左、ペナルティーエリアの角に向かって仕掛けるふりをする。

「上げさせるな！」

敵陣から声が飛ぶ。

その声に合わせるように、エリア内から赤いユニフォームが出てくる。ミドルシュート、あるいはクロスを蹴《け》らせまいと、二人目も飛び出してきた。

遼介はタッチライン際、ウェーブを描きながらスピードに乗り、巧の外側を追い越す。なにも言わずとも、絶妙のタイミングで巧の右足からボールが離れ、遼介の前に流れてくる。そのボールを遼介はやわらかく右足でタッチし、自分のものにする。上崎の位置からゴールを狙える場所――そのスペースを広くする最終手段として、サイドを深くえぐりにかかった。

顔は上げなかった。頭のなかで時計の針を動かしながら、イメージをふくらませる。逆サイドの上崎が、15番の視野から消え、一瞬でマークを剝《は》がす。そしてゴールを狙える敵の裏のスペースへ向かい、到達する。その距離と時間。それらを計算して、自分なりのピッチの未来予想図を思い描いた。

「一枚出ろ！」

敵のベンチが叫ぶのと同時に、赤いユニフォームの7番が寄せてくる。

また一枚、敵をゴール前から剝がすことに成功した。

ゴールライン手前で遼介は左足を踏み込み、クロスを上げるキックモーションに入った。赤の7番がキックのコースを塞《ふさ》ぎに飛び込んでくる。その顔に余裕はない。

遼介は振り足を止め、わざと浅く踏み込んだ左足の先に置いたボールを、その振り下ろしかけた右足のスパイク裏で転がし左へ。からだを縮めた7番の背後を取り、ゴールライン際を横へ。すぐに寄せて来たさらなる敵は、左足、右足と続けてボールを持ち替えるダブルタッチできれいにかわした。

目にまぶしいイエローのユニフォーム、敵の守護神、ゴールキーパーが見えた。突然その前に、前半遼介がコーナーキックの際に競り負けた大柄なディフェンダーの4番が、立ちはだかるように現れた。まるでコンピューターゲームのボスキャラのように。

赤のユニフォームに風景が遮断される。黒のパンツから露出した大腿《だいたい》四頭筋が盛り上がっているのがわかる。

が、怯《ひる》むことはなかった。

パスコースを見いだした瞬間、右足インサイドでボールをとらえる。遼介の蹴ったクロスは、敵の4番の開いた股間《こかん》を抜け、キーパーとディフェンスラインのあいだを切り裂き、ゴール前を斜めに横切る。まるで浮いているようにボールは人工芝の上を滑っていく。そのボールの先、逆サイドの敵の裏には、予測どおりスペースがぽっかり空いていた。

そこへ、髪をなびかせ、上崎が走り込んでくる。

「打て！」と心で叫んだ。

――が、上崎は別の選択肢を選んだ。

たしかにシュートコースは限られていた。やわらかなタッチでボールを手なずけた上崎は躊躇《ちゅうちょ》なくペナルティーエリア内へ。その最も危険な侵入者に、敵はあわて、押し寄せていく。それでも上崎の足もとからボールは離れない。遼介が動き直そうとしたとき、入り乱れた赤とブルーの選手たちのなかで、上崎の姿がふいに沈んだ。

間延びしたような主審の笛が鳴る。

このタイミングで試合を終わらせてしまうのか。

そう思ったとき、聞き覚えのあるだみ声が叫んだ。「ピーケーっしょ、PK！」

「ないよ！」

「ないだろっ！」

いくつもの声が重なる。

倒れ込んでいる選手が見えた。遼介と同じ色、ホリゾンブルーのユニフォームを着た上崎響だった。

――なにかが起こったらしい。

言葉の応酬のなか、主審は静かに判断を下し、ペナルティーマークを指した。

試合終了間際、青嵐に同点のチャンス、ペナルティーキックが与えられた。

ピッチサイドの赤組応援団が歓喜を爆発させ、上崎の名前を入れた応援歌《チャント》を歌い始めた。

「響のゴールが見たーい。見たい！」

「見たーい。見たい！」

「響のゴールが見たーい。ラララララッラララーラー！」

だが、PKをもらった上崎はなかなか立ち上がろうとしない。顔をゆがませている。

遼介は、上崎を囲んだ人垣に近づいた。

「踵《かかと》を削られた……」

「どうするよ、ＰＫ？」と米谷が言った。

「まだ足がしびれてる」

上崎の声が漏《も》れてきた。

試合終了間際まで戦い、疲弊した白組の選手たちは顔を見合わせた。

１点ビハインドの試合終了間際で手に入れたペナルティーキック、重圧がかかるとはいえ、もちろん絶対に外すわけにはいかない。蹴ることができるのは、ピッチに立っている十一人。そのなかのひとり。本来ならば、ファウルを受けた当事者であるチームのエースが蹴るべき場面ともいえた。

上崎の代わりに蹴ること、それにはそうとうな覚悟と自信が必要だ。

さすがの米谷もここは名乗りでない。

ゴールを決めるのが仕事であるはずのフォワードの二人も手を挙げようとしない。

ほかの選手もうつむいている。

上崎はようやく立ち上がったが、右足を地面から浮かすようにしている。

「頼むぞ、上崎！」

「響、決めてやれ！」

状況を把握していない赤組の応援団から雑音が聞こえ、ますますなにかを言える雰囲気ではなくなってしまった。

「だれか、おれの代わりに蹴ってくれ」

上崎が頬を引きつらせた。

しかしだれも口を開かない。

遼介はこの手の沈黙が好きになれなかった。与えられたペナルティーキックをだれかが蹴らなければならない。そのことはまちがいなかった。残り時間はほとんどない。ここで同点に追いついたとしても、試合はＰＫ戦に突入するはずだ。

「――おれに蹴らせてほしい」

遼介は名乗り出た。だれかに任せるくらいなら、自分で決着をつけたい。そう思った。

反対の意見はない。賛成の意見もない。

上崎も答えなかった。ただ、静かに口元をゆるめている。

巧だけが、唇を噛《か》んだまま、微《かす》かにうなずいた。でもその目は、遼介が副審をやるときに見せる、気の毒そうな目に似ていた。「なにも遼介がやることはない」そう言いたげでもあった。

小学六年生のとき、上崎との対決の際、ＰＫ戦の最後にペナルティーマークにボールをセットしたのは、遼介だった。自分の信じたキックでゴールを決め、試合を終わらせた。

――あのときと同じだ。

でも、あのときの自分とはちがう。

これまでPKは何度も蹴ってきた。試合中に、あるいはPK戦で。一度も外したことはない。キャプテンマークを左腕に巻いていた中学時代ならば、自分が蹴って当然の場面でもあった。

「ここは譲ってやるよ」

米谷が遼介の肩をポンと叩《たた》いた。「ただし、外すなよ」

遼介は、米谷に顔を向け、その目を見た。

米谷は一瞬怯んだように、目をそらした。

主審の指示により、両軍の選手がペナルティーエリアの外に出ていく。遼介と敵のキーパーだけが、エリアのなかに残された。

上崎の名前を入れた応援歌《チャント》が止み、ピッチサイドでざわめきが起こる。PKのキッカーの背番号が10ではなく、32だったからだろう。

どこかで蟬が鳴いている。一匹だけではない。その粘りつくような夏の叫びは、まるで遼介が蹴ることを非難しているみたいに聞こえた。

ボールは、ゴールラインから12ヤード離れたペナルティーマークにすでにセットされている。そのボールを遼介は手に取り、ヘソと呼ばれる空気を入れるバルブの位置を確かめ、もう一度置き直した。その行為にとくに意味なんてない。その間に気持ちを落ち着かせた。

主審がボールの位置を確認し、笛を見せ、後ろに下がった。

遼介はセットしたボールから、まっすぐ後ろに五歩下がる。そして左回りに短く三歩。その間、キーパーとは眼を合わせず、ボールだけを見つめた。

——もし外したら。

とは考えなかった。

これもグラウンドにころがっているチャンスのひとつ。

自分が認められるための——。

そしてチームを勝利に導くための——。

そのチャンスを拾い上げ、自ら手にした。

だからこそ、決める。外さない。絶対にゴールネットをゆらしてみせる。自分に強く言い聞かせ、静かに息を吐いた。

——主審の笛が鳴る。

遼介は、なにも聞こえない世界に自分をひとり置いた。

高まる心臓の鼓動が、今生きていることを知らせた。

ふいにピッチに風が吹き、やさしく頬を撫《な》でる。

——怖れることはない。

そう言っているみたいに。

遼介は息を止め、ゆっくり一歩目を踏み出した。

夏の日

「あんなかたちで、終わっちゃうとはね」

ルーキーズ杯最終日の帰り道、小野君が静かに振りかえった。

「あんなかたち」という言葉が正しくどんなかたちを指しているのか、よくわからない。けれど、一年生部員全員で出場する唯一の大会が終わったこと、それは事実だ。遼介にとっても、正直、最後はあっけなくもあった。

「悔しいよね」

メガネをかけた小野君は歩きながらため息をつく。

もちろん、遼介もとても悔しかった。

準決勝、そして決勝戦があったこの日、遼介も小野君も、そのいずれのピッチにも立つことができなかった。

準決勝は赤組メンバーで戦い、3対0の勝利。

決勝戦については、ベンチ入りできる登録メンバー十八名を、赤組白組すべての一年生のなかから選ぶという話が、試合前のミーティングでコーチの三嶋からあった。つまりラストマッチは、青嵐サッカー部一年の選抜メンバーで臨むということだ。

まず三嶋が八名の選手を決めた。

GK　大牟田　西
DF　月本　宮澤
MF　奥田　伊吹
FW　阿蘇　速水

フィールドプレーヤーの六名は、すべて赤組の選手だった。

白組の上崎については、昨日の試合のケガのこともあり、外すと説明があった。

残り十名の登録メンバーは、一年生全部員による投票で決めることになった。文字通り、チームメイトによって選ばれた選手しかベンチには入れない。ポジションごとの投票結果は、チームキャプテンに指名された奥田が読み上げた。

遼介は祈るような気持ちで耳を澄ました。

だが、決勝戦の登録メンバーのなかに、遼介の名前はなかった。思わず目を閉じ、うつむいた。


昨日の午後、人工芝のピッチで行われた決勝トーナメント一回戦、対梅倉学館。試合終了間際に上崎が得た同点のチャンスのＰＫを、「おれに蹴《け》らせてほしい」と志願した遼介は、ゴール左隅にきっちりと決めてみせた。

プレー再開のキックオフ直後に笛が鳴り、試合はＰＫ戦へ。その場面でも遼介は一番手で蹴り、ゴールを決めた。青嵐のキッカーは全員が成功、西が敵のシュートを右手一本で止め、チームは準決勝へ勝ち進むことができた。

遼介はＰＫを決め、勝利に貢献した。それは確かだ。しかし試合の前半のセンターバックとしては、とくに目立った働きをしたわけではない。2失点の責任を問われる立場でもあった。この大会において遼介が中盤でプレーしたのは、わずか35分に過ぎない。その限られた時間のなかで目を見張る活躍を見せたかといえば、自分でも自信がなかった。試合の流れのなかでの上崎との連係については、ある一定の手応《てごた》えを感じることができたけれど……。

十八名の登録メンバーは、準決勝を3対0で完勝した赤組の選手がほぼ独占した。フィールドプレーヤーとしてただひとり白組から滑り込んだのは、元赤組の米谷だった。米谷はこの大会で35分しかプレーしていない。しかも本来のミッドフィルダーではなく、センターバックで出場しながら、反撃の狼煙《のろし》を上げる貴重なゴールをダイビングヘッドで決めた。遼介の目から見ても、選ばれるべきひとりと言えた。

米谷が選ばれたことで、チームメイトによるメンバーの選考に、不満を持つべきではないと思うことができた。結局は、自分の力不足なのだと。

ルーキーズ杯決勝戦の組み合わせは、前評判通り、青嵐高校対山吹高校に決まった。試合は青々と目の詰まった天然芝のピッチでキックオフされた。ベンチには青嵐Aチーム監督の鶴見の姿があった。一年生だけの試合を鶴見が観るのは初めてのはずであり、選手にとって絶好のアピールの場になるにちがいなかった。

しかしその舞台に、自分は立てない。

遼介はそのことがひどく虚《むな》しかった。

ベンチ入りが果たせなかった部員は、監督の座るベンチとは反対サイドで応援にまわった。同じユニフォームを身につけたピッチのチームメイトは、自分の代わりに戦っている。素直にそう思うことはむずかしかった。

「遥翔のやつ、出世したもんだよな」

庄司の言葉にも同じような感情が滲《にじ》んでいた。

白組から赤組にトレードされ、決勝戦でも先発を果たした背番号33伊吹遥翔は、今やポジションを中盤のサイドからセンターに変え、奥田とふつうにプレーしている。ゲーム中に見せる左足でのテクニックは、むしろ奥田よりも創造性豊かに感じる。上崎だけでなく、遼介が望んでいるポジションには有能なプレーヤーがひしめき合っている。その現実をあらためて思い知った。

そしてそのなかで、今の遼介はチームメイトからの評価が低い。そのことはまちがいなさそうだ。

天然芝のピッチには、もうひとり気になる選手が存在した。それはホリゾンブルーのユニフォームではなく、山吹色のユニフォームを着た選手。

時折、ピッチのなかで「リョウ！」と声が飛ぶ。

「いいぞ、リョウ！」

「リョウ、ナイス！」

もちろんそれは遼介のことではなく、敵として決勝戦のピッチに立っている、星川良のことだ。かつて二人は「ダブルリョウ」と呼ばれた。そのかたわれの星川は、今はポジションをひとつ下げ、背の高い味方のワントップの後ろの位置にいる。ゴールを狙うシャドーストライカーの役割を担っているらしい。

遼介よりも背が低かった星川の身長は、ずいぶんのびたように見えた。それとも実際のからだ以上に大きく思わせるなにかを手にしたのだろうか。

前半終了間際、星川はディフェンスラインの裏への鋭い飛び出しを見せ、青嵐のゴールを脅かした。副審の旗が遅れて揚がり、オフサイドになったものの、シュートはゴールネットを揺らした。青嵐応援団から安堵《あんど》のため息が漏《も》れる、あわやという場面を演出した。

その直後から、キーパーの大牟田が、星川の背番号「11」を叫ぶ機会が増えた。背番号を声に出す回数が多い選手ほど、キーパーが怖れている証拠だ。言い方を変えれば、評価していると言ってもいい。

試合は0対0のまま、前後半が終了し、延長戦に突入した。古豪と呼ばれる県立山吹高校にもまちがいなく多くの才能《タレント》が集まっている。以前ピッチで対戦した、遼介の見知った顔も何人かいた。

球際での激しいボールの争奪戦がそこかしこでくり返され、お互いの良さを消し合うゲーム展開のまま、遂に延長戦もタイムアップとなった。その後、PK戦があるのかと思いきや、両校優勝というかたちで大会は幕を閉じた。

試合にフル出場した星川、ベンチにすら入れなかった遼介は、お互い言葉を交わそうとはしなかった。星川も遼介には気づいていたはずだ。

二校だけでの表彰式のあと、集合した青嵐サッカー部一年生の前に、鶴見が立った。遼介よりも背の低い、温厚そうな監督の顔は笑っていたが、祝福や慰労の言葉はなかった。まず「優勝」という結果に勘ちがいするな、という話があった。「全国」という高い目標を掲げるならば、この規模の大会に集まったチームには勝ってあたりまえ。決勝で対戦した山吹高校も同じ県1部リーグのチームでしかなく、逆の立場で言えば、彼らもそう思っている。

「上には上がいる」

そう口にした鶴見は、県内の具体的な強豪チームの名前を挙げた。

そのなかには、元チームメイトである鮫島琢磨が所属する勁草学園の名前もあった。彼らはより強い相手を求め、この夏も県外に遠征している。それは全国を目指しているだけでなく、その先を見据えているからだ。

最後に、「自分は常にサッカー部全体を見ている」と鶴見は言った。その言葉を口にした際、鶴見の目はいっそう細くなり、緊張を強いるような沈黙がしばらく続いた。

「全国高校サッカー選手権大会県二次予選が今月下旬から始まる。チーム一丸となって、まずはベスト16、決勝トーナメント進出を目指そう」

鶴見は静かに言ったあと、「がんばっぺ」と三嶋の方言を真似して締めくくった。笑うところのはずだが、だれも緊張をゆるめなかった。

現地でのチーム解散後、「なあ、監督がおれたちを見てくれてると思う？」と淳也が不安を口にした。

「まあ、ベンチの正面で応援してたおれたちの姿は、ちらっと目に入ったと思うけど」

今大会ただひとり出場機会がなかった麦田が皮肉った。

「監督はAチームのことが気になるんだよ。総体だっていいとこなかったし、選手権だってどこまでいけるか。今日だって、上で使えそうな一年生を見に来たに過ぎないだろ。おれらなんて眼中にないよ」

庄司の言葉に、何人かがうなずく。

「おれたちにチャンスなんてない」

「なにをやっても無駄ってことか……」

「結局さ、一年では赤組がAチームってことなんだよな」

照井が傷めた足を引きずりながら、あっさり認めた。

その言葉を、もうだれも否定しなかった。


「あれ、前を歩いてるの米谷じゃない？」

試合会場を出て駅に近づいたとき、小野君が言った。

顔を上げた遼介の視界に、大きめのリュックを背負った米谷の姿が映った。どうやらひとりらしい。だれともつるまず、試合会場をあとにしたのだろう。午後四時をすでに回っているのに、昼間のようにまだ日が差すなか、うつむきながら、とぼとぼ歩いている。もともと猫背のせいか、余計に気持ちが沈んでいるように見えた。決勝戦ではベンチ入りを果たした米谷だったが、結局出番はなかった。

ＰＫ戦の末、準決勝進出を決めた試合の直後、遼介は米谷と言葉を交わした。めずらしく米谷のほうから声をかけてきたのだ。そのときのやりとりを思い出した。

「なあ、教えてやろうか」

米谷は唐突に切り出した。

「え？」

「空中戦の競り方だよ」

米谷はそう言うと、自分のやり方を勝手に話し出した。

「競り合いのとき、リョウは相手より高く跳ぼうとしてるだろ。それは間違いじゃない。

でも自分より背の高い相手より高く跳ぶのはむずかしい」

たしかにそうだ。

「だから、先に跳ぶんだよ」

「先に？」

「そう。それができなかった場合は、相手にからだを寄せることも忘れるな」

それだけ言うと、米谷は行ってしまった。

——なるほど。

と遼介は思った。

試合中、遼介は背の高いフォワードとの空中戦になかなか勝てなかった。というより、まともに勝負することができなかった。高く跳ぼうと準備をするのだが、先に跳んだ相手のからだが壁となって、言ってみればフタをされてしまった。空中戦においてタイミングを計って先に跳ぶことは、相手のジャンプを阻むことにもなるわけだ。

——まともに競り合って勝てなければ、駆け引きで勝て。

そういう意味だと気づけた。

米谷が試合直後に声をかけてきたのは、センターバックの遼介のプレーがもどかしかったからだろう。でもそれだけではなく、同点となるPKを志願して決めた遼介を、米谷なりのやり方で認めてくれたような気がした。

「あれ、どうしたんだろ？」

小野君が歩くスピードをゆるめた。

前を歩いていた米谷が、煉瓦《れんが》敷きの駅前広場で立ち止まり、ジャージのポケットをまさぐっている。その横を、肌を露出したタンクトップの若い女性が追い越していく。なにかを取り出した米谷は、その中身を調べ、少し迷うような仕草のあと、元の場所にしまった。どうやら財布らしかった。

再び歩き出した米谷は、駅の改札口へは向かわずに、右手のバス乗り場のほうへ進んでいった。駅ビルの作った日陰に、小学生らしき子供たちが横一列に並び、声を揃えて上げている。震災後、何度も駅前で見かける光景だ。夏に入った今も、被災地支援の活動は続いている。

ほとんどの人が目もくれずに通り過ぎるなか、米谷は足早に子供たちに近づくと、男の子が手にした白い募金箱に小銭を投じた。

「ありがとうございます」

声を合わせて小学生が言い終わらないうちに、逃げるように米谷は改札口へと向かった。

「へー、あの米谷がね」

小野君が感心したような声を漏らした。

たしかにそのあわてた姿はどこか滑稽《こっけい》で、ハードマークが売りの米谷らしくなかった。でもそれは自分たちが知らないだけで、ピッチの外での彼本来の姿なのかもしれない。

「そういえばさ、米谷のやつ、昨日の試合すごくよかったよね」

遼介が言うと、「たしかに、戦ってた」と小野君も認めた。「上崎が米谷のことを〝闘犬〟って言ってたけど、あれはまちがいなく誉め言葉だよね。元イタリア代表で闘志むき出しのミッドフィルダーだったガットゥーゾが、そう呼ばれてたからね」

「闘犬か」と遼介はつぶやいた。

そんな米谷が暮らす県北東部、太平洋に面している海岸沿いの町も、あの地震の際、津波の被害があった。テレビなどではあまり報道されないその話は、つい最近、父の耕介から聞かされた。地震発生から二時間半以上が過ぎた頃、大津波が港の防波堤を乗り越えて国道にまで押し寄せ、大切な人の命や家や船を奪った。

米谷があの日、どんな目にあったのか、彼の近しい人がどのような災難にあったのか、遼介は直接聞いたわけではない。米谷も語ろうとはしなかった。

ただ、春に福島から遠征してきたサッカー部と対戦したあと、米谷は被災地について、おれには関係ないと口にし、強がっていた。あいつらに情けなんてかけなかった、と。そのときは、その言動が理解できなかったが、おそらく米谷も心に傷を負ったひとりなのだろう。

遼介は、駅の人混みに消えていく米谷の背中を見つめながら、連絡の取れない樽井賢一のことを思い出していた。

樽井は、毎年夏休みになると、暑中見舞い状を送ってくれた。

いた。

その言葉にどきりとしながら、「夏はまだまだ続くさ」と遼介は願いを込めてつぶや

ふいに小野君が空を見上げた。

「暑いなあ、やっぱ夏だねー」

でも今年はまだ届いていない。

ルーキーズ杯から一日だけのオフを挟んで、学校のグラウンドでの練習が再開された。

大会優勝後、三嶋は一年生の赤組と白組のチーム分けをあっさり解消した。大会期間中、赤組は白組の、白組は赤組のサポートや応援にまわり、一年生たちには変化が見られた。今は色分けがなくなり、ある意味リセットされたかたちでの新たな関係性が生まれようとしていた。

現段階の一年生は、サッカーの試合で言えば、立ち上がりの10分が過ぎ、少し落ち着いた時間帯に入ったと言えるかもしれない。だれがどんなプレーヤーか、どんなサッカー観を持っているか、どういう性格なのか、お互いに探り合い、同じサッカー部のチームメイトとして接し合う場面が増えてきた。それでもチームにおける序列は、ほぼできあがりつつあり、激しく要求し合う場面も起こる。しかしそれは成長するために必要な衝突であり、それなりにうまく応じ合えるようにもなってきた。

学校のクラスと同じように、チームにもさまざまな人間がいる。その一人ひとりが事

情を抱え、それぞれの想いのもとにサッカーに取り組んでいる。すべての部分でわかり合えるわけではない。それは至極ふつうのことでもあると、気づき始める。

大会期間中、試合撮影を仕切っていた小野君は、これまで撮った練習試合の映像も併せて、ビデオデータを三嶋に渡した。数日後、監督の鶴見から「よく撮れてたぞ」と直接声をかけられたそうだ。その際、なぜビデオを撮り、それを観る必要があるのか説明してもらったと、いたく感激しながら話してくれた。

ビデオは、監督が実際に足を運ぶことができなかった試合を観るために撮影される。主にライバル校や青嵐Bチームの試合が対象だ。また、ベンチで指揮を執るAチームの試合についても撮影が行われ、再度ビデオで見直すという。それは自分の評価を確かめるためだそうだ。ベンチから観て下した自分の判断や評価が本当に正しかったかどうか。そしてときには、自分が見落としていたシーンに出くわし、思わぬ発見があるそうだ。

「だからビデオの撮影は、チームにとって大切な仕事なんだよ」と小野君は胸を張った。

夏雲を浮かべた青い空の下、乾いたグラウンドの砂をスパイクで盛大に巻き上げながら、一年生は三嶋から与えられたメニューを次々にこなしていく。調子は悪くない。暑さに慣れてきたのか、遼介のからだは以前よりもずいぶん軽く感じられた。

約二時間の練習後、ルーキーズ杯決勝戦に出場した一年生のなかから、二人がAチームに昇格したというニュースを聞いた。ひとりはBチームに所属していた奥田。そしてもうひとり、今日の練習に姿を見せなかった伊吹遥翔も、一気にAチームまで駆け上ったそうだ。

詳しい情報を提供してくれたのは、自転車通学の遼介と小野君のあとを、なぜか「肉のなるせ」まで歩いてついて来た上崎響だ。大会で足を負傷したはずの一年生エースは、今日の練習にはふつうに参加した。奥田や遥翔とは逆に、上崎はAチームから外され、一番下まで滑り落ちてきた。そんな自分を鼻で笑うようにして話してくれた。

「でもさ、奥田君はわかるけど、遥翔の抜擢《ばってき》には驚きだよね」

小野君の言葉に、思わず遼介もうなずいた。

奥田は入部当初から評価され、Bチームに所属し、言ってみれば実績を積み上げていた。一方、同じ一年生チームで過ごしていた遥翔は、いわば二階級特進によりチームの頂に一挙に登り詰めたかっこうだ。

「二人とも知らないだろ、伊吹遥翔の正体を」

「肉のなるせ」特製の大判チキンカツを片手に、上崎が思わせ振りな目つきをした。

「あいつ、じつは元日本代表なんだぜ」

その言葉に、遼介は思わずコロッケを落としそうになる。

「どういうこと？」

「日本代表？　遥翔が？」

小野君の声が裏返った。

「伊吹遥翔とは中学生の頃、何度か〝ナショトレ〟で顔を合わせたことがあるんだ」

「ナショトレって？」

遼介のつぶやきに、「ナショナルトレーニングセンターの略だよ」と小野君が教えてくれた。

それは日本サッカーの強化、発展のために設けられた育成制度であるトレセンの一番上に存在する全国規模の講習会だ。トレセンは下から地区トレセン、四十七都道府県トレセン、九地域トレセン、ナショナルトレセンというふうに、ピラミッド型の育成システムになっている。市のトレセンに一時所属していた遼介から見れば、二人ははるか上の頂に所属していたサッカー・エリートということになる。

「てことは、上崎君も遥翔も元ナショトレであり、日本代表ってこと？」

「いや、おれは代表には一度も選ばれてない」

「でもすごいじゃん」

小野君が興奮するのはじゅうぶん理解できた。コロッケ片手に聞くような話ではない気がした。

「じゃあ、二人ともナショトレの関東？」

「おれが参加したのはね。遥翔のやつは、東日本だったはず」

「そうなんだ。え、でも、なんでそんな人がうちに？」

「それって、おれのこと？」

「失礼ながら、上崎君も、遥翔も」

小野君がゴクリと唾《つば》を呑《の》み込むのがわかった。

「おれの場合、名前はあまり口にしたくないけど、Jリーグの下部組織に中学から入った。ジュニアユースにね」

そのことは遼介も知っていた。上崎が入団したのは、桜ヶ丘FC時代、遼介とチーム内でライバル関係にあった星川良が、六年生のときにセレクションで合格し入団したクラブだ。当時膝《ひざ》の痛みを抱えていた星川は、多くを語らなかったけれど、新しいクラブ環境に馴染《なじ》めず、一年で退団せざるを得なくなった。その後、遼介ら元チームメイトの熱心な誘いもあり、同じサッカー部でプレーを続けた。星川ですら、言ってみれば通用しなかった世界なのだ。

「そのクラブはさ、下部組織が地域別に三つあって、三チームとも関東リーグに所属してた」

「そいつはすごいね。三チームとも県リーグの1部より上ってことだもんね」

「まあね」

遼介にとっては、あまりに上のカテゴリーの話すぎて、ほとんどよくわからない。

上崎は話を続けた。「チームには一学年、約二十人。三学年合わせると、ひとチーム約六十人いたわけだけど、ユース昇格を懸けたライバルになるのは、各チームの同学年の約六十人。そのジュニアユースの三年六十人から、最終的なステージであるプロを目指すユースに上がるわけだけど、何人上がれたと思う？」

「ユースはもちろん一チームだよね。だったら、やっぱり二十人とか？」

「ユースは一学年だいたい十五人くらいかな。で、おれたちの代は、十人しか昇格することができなかった」

「六十人のうち、たった十人？　ていうか、ジュニアユースに入るのもすごい競争率なわけだよね」

小野君の言葉はその通りだろう。遼介は最初からあきらめ、小六のときはセレクションすら受けなかった。

「その勝ち組の十人に、おれは入れなかったってことさ」

上崎は自嘲《じちょう》気味に唇の端を持ち上げた。「だから、ここでチキンカツ食ってるってわけ」

「じゃあ、ユースに入ったほかの五人は？」

「スカウトが全国をめぐって、外部から連れてきたらしい。青森、岩手、静岡、大阪、沖縄」

「じゃあ、遥翔もJリーグのジュニアユースにいたけど、ダメだったってこと？」

「いや、あいつは中体連だよ。それでもナショトレに呼ばれ、日本代表にも選ばれた」

「え、じゃあ、僕らと同じように部活でサッカーやってたわけだ」

「『元』って言ったよね」

遼介が二人の会話に割って入った。

「そう、元U-14日本代表。十四歳以下では代表に呼ばれたけど、U-15では招集されなかった」

「たった一年か。どうしてだろ？」

「わからん」

「ナショトレの東日本って言ったら、北海道、東北？」

「四地域開催の場合はね」

「でもなんで、今はこっちにいるんだろ」

「わからん。遥翔と親しかったわけじゃないから。おれもあいつが青嵐の、しかも言っちゃわるいが、一年のその他大勢のなかにいて正直驚いた。たった一年と言ったって、正真正銘の日本代表だからな。でもその後、ナショトレからも姿を消したらしい」

「そうなんだ……」

小野君のつぶやきのあと、しばらく三人黙って、各自買い求めた総菜やおにぎりを食べた。ただ、遼介は味わえる気分ではなかった。

中学一年のとき、Jリーグの下部組織に上崎が進んだと聞いて、その背中はあっという間に遠のいてしまった。その存在すら忘れかけていた。それが今は、同じチームに籍を置き一緒にプレーもした。それだけでなく、こうしてコロッケを食べながら、ふつうに言葉を交わしている。日本代表だったという遥翔にしても、とても身近な存在だ。そのことがひどく奇妙に感じる。

——世界は広い。

という言葉があるが、もしかしたら案外狭いのかもしれない。

そう思うことができた。

もちろん、だからといって追いついたとは思っていない。上崎はふるい落とされここにいるわけだが、遼介にとって青嵐は、どこまでやれるかチャレンジする意味で選んだ場所でもあった。

「そういえばさ、リョウと上崎君って知り合いなんだよね？」

「まあね」と上崎は曖昧《あいまい》に応じた。

そのことについては、ほかのチームメイトも気になっているようだ。

黙っている遼介を横目に上崎が口を開いた。

「あのときと同じ蹴《け》り方だったな」

「あのとき？」

小野君がくり返し、首をひねった。

上崎は静かに咀嚼《そしゃく》を続けながら、コクリとうなずいた。

思い当たるのは、あのときしかなかった。

「おまえ、ＰＫのとき、おんなじコースに蹴っただろ」

遼介はハッとした。「覚えてたのか？」

「いや、思い出したんだ。もちろん、あの試合のことは忘れもしない。小学生時代、一番悔しい想いをした大会だからな。試合のあとに監督に言われたよ。敵の〝10番〟は、おまえらに足りないものを持ってるってね。その10番が青嵐に入ることは、元チームメイトの宮澤から聞いた。宮澤の口からは、ちょくちょく武井遼介の名前が出ていたしな。巧までいるとは、思わなかったけど」

「もしかして、リョウもすごい選手だったわけ？」

「いや、おれはちがう」

遼介はすかさず否定した。

「いや、ちがわないだろ。おまえはあのとき、やばかった。優勝を目指していたおれたちにとって、とても厄介な選手だった」

「小学生のときの話だよ」

「その通り。だからこそ強烈に覚えてる。あの頃のおれは、だれにも負ける気がしなかった」

ベンチに座った遼介は、立ったまま店の前の通りを眺めている上崎の横顔を見上げた。

「やっぱすごいなぁ」

隣に座っている小野君が感嘆のため息を漏らした。

「なにが？」

「だって、そんなすごい人たちと一緒に、僕もサッカーやってるわけだから」

「そんなことないさ」

上崎は可笑《おか》しそうに目を細めた。

「でも元日本代表に、元ナショトレだよ。そんな人が、認めてる選手もいるんだよ」

「だれもおれのことなんて知らないさ」

上崎は顔から笑みをすべて消し去り、静かに言った。「今の遥翔にしたって、それは同じだろ。理由はわからないけど、遥翔も落ちてきたんだ。おれなんて、今じゃ青嵐の一番下にいる。おれたちのことなんて、だれも知らない。だから元日本代表だったとか、ナショトレに呼ばれたとか、そんなことはまったく関係ない。今やただの一選手に過ぎない。つまり無名のプレーヤー」

「でも……」

言いかけた小野君が口を閉じた。

遼介はなにも言わなかった。

「でもな、なぜかはわからないけど、そのことが妙に気持ちよく感じるときもあるのさ」

上崎は手にしたチキンカツの最後のひと口を見つめていた。

猛暑のなか、海まで走り、焼けた砂の人工渚《なぎさ》でフィジカルトレーニング。休憩中、三嶋のいない隙に、こっそり海にからだを浸《つ》ける者もいた。再び、学校までランニング。最近モチベーションが下がり気味の庄司ら何人かが途中で脱落した。

その後、グラウンドで二対二、五対五のミニゲーム。気分を悪くした淳也が、グラウンドの隅へ行き吐いていた。

午前練を終えた一年生は、いつものようにグラウンド整備をすませ、解散となった。一年生が去ったネット越しのピッチでは、あわただしく試合の準備が始まった。二年生が中心となってラインを引き直し、ピッチの四隅にコーナーフラッグを立て、パイプ椅子を並べていく。

部室前には公式戦用のユニフォームに着替えたAチーム、練習用ユニフォームにオレンジのビブスを身につけたBチームの選手の姿があった。

「おいイチネン、だれか副審頼むわ」

オレンジのビブスの先輩が声をかけてきた。聞き覚えのある声は、スカウティングのやり方を教えてくれた二年の堀越だった。

練習の疲れで日陰にへたり込んだ一年生は顔を見合わせた。いつのまにか、昨日「肉のなるせ」で話した上崎の姿は見当たらない。要領のよさそうな連中も消えていた。

「これってもしかして、AチームとBチームの紅白戦ですか？」

小野君が尋ねた。

「そうだよ。言ってみれば、選手権の二次予選前のセレクションってとこかな」

「ひょっとして、堀越先輩も出るんですか？」

「あったりまえだろ。おれも五十嵐も、いつもビデオ撮影ばっかやってるわけじゃないるわけにもいかない。

「だれかもうひとり？」

小野君の呼びかけに応じる声は上がらない。いつものことだ。体調を崩した者に強い

ぺこりと頭を下げた小野君は、副審用のフラッグを二本手渡された。

「失礼しました」

っつーの」

近くにいた遼介が、黙ってフラッグを受け取った。

グラウンドではアップが始まっていた。ホリゾンブルーのユニフォームを着た青嵐Aチーム、オレンジのビブスのBチーム。ブラジル体操で声を合わせるAチームのなかには、中盤のプレーヤーである奥田と遥翔の姿があった。ボールをまわしているBチームには、キーパーの大牟田、センターバックの月本、フォワードの阿蘇がいる。ルーキーたちの顔に笑みはなく、真剣な表情からは緊張が読み取れた。

彼らにとってこの紅白戦は、公式戦の登録メンバー入りを果たすための絶好のアピールの場になるはずだ。そのことがうらやましくないと言えば、嘘になる。ピッチサイド中央、AチームBチーム合同で使うかたちの一列に長く並べられたベンチには、監督の鶴見、顧問の小泉、Bチームを預かる外部コーチの鰐渕《わにぶち》をはじめ、青嵐コーチングスタッフの顔が揃っている。

堀越が口にした「セレクション」という表現は、あながち的外れではない気がした。

目前に迫った選手権の二次予選に向けたラストチャンスのようだ。

反対サイドの野球場との境にある小山には、脚立を立てた撮影班が陣取り、三脚に取りつけたビデオカメラをピッチに向けている。

紅白戦のキックオフの笛は、三嶋コーチが吹いた。

審判用の黒いビブスを身につけた遼介が担当したのは、コーチ陣が陣取るベンチ側の副審。右手にフラッグを持ち、Bチームのディフェンスラインをキープしながら、ピッチに目を向ける。自分が目指しているAチームの選手、そしてそこにたどり着くための第一の関門と言えるBチームの選手が、手の届きそうな距離でボールを追っている。そのひとつひとつのプレーを見逃さないように目をこらした。

ベンチの一番端には、一年生チームからAチーム入りした遥翔の姿があった。Bチームから昇格した奥田は、早くもAチームで先発している。とはいえ奥田にしても、まだ試されている段階のはずだ。

Bチームのディフェンスラインには、頭ひとつ飛び出たセンターバックの月本がいる。阿蘇は本来のフォワードではなく、中盤の右サイドで出場している。大きな背中をまるめたキーパーの大牟田はベンチスタート。

試合は立ち上がりからAチームが押し込み、早々とコーナーキックを奪った。Bチームはゴール前からクリアでなんとかボールを遠ざけるが、セカンドボールをなかなか自分たちのものにできない展開が続く。

「おい、なにズルズル下がってんだよ」

苛立《いらだ》たしげに叫んだのは、Bチームを指揮する鰐渕。「びびってんじゃねえ！」

黒のキャップをかぶった厳《いか》ついその男は、正規の学校職員ではなく、経験豊富な手腕を買われ、外部から招聘《しょうへい》された指導者だ。コーチ特有の色黒さに加え、名前にある大型爬虫類《はちゅうるい》を連想させるエラの張った顔に無精髭《ぶしょうひげ》を蓄えている。ときに仁王立ちになり、ピッチサイドで上げる声は野太くよく通る。

おそろしいとは聞いていたが、容赦がない。しかしその言葉には、なるほどと思わずうなずきたくなる的確な指摘も含まれていた。中学時代に同じようなタイプの指導者を経験した遼介には、それほど強い苦手意識はなかった。ある意味免疫ができているのかもしれない。

そんな鰐渕とは対照的に、コーチ陣をとりまとめる監督の鶴見は、一本目のゲームが終わるまでベンチから一度も腰を上げず、声も上げなかった。なぜか麦わら帽子をかぶり、ちんまりと座っている鶴見は、なにを考えているのかわかりづらい。ただ、鶴見が監督になって青嵐は変わった、そんな声を入部前から何度となく耳にしていた。

試合の一本目は2対0でAチームの勝利。あたりまえだが、ルーキーズ杯の試合と比べ、あらゆる面でスピード、精度、プレーの連動性が上まわっていた。2点目のコーナーキックからのゴールは、サインプレーのようにも見えた。

選手権の二次予選を間近に控えているせいか、Aチームの仕上がりには確かなものを感じた。それに比べてBチームは、球際での激しさがもの足りず、どこか遠慮がちに映る。鰐渕が声を荒らげる理由も、そのへんにある気がした。

当面自分が目指すべきBチーム、そしてその先にあるAチームの戦いを目の当たりにした遼介は、白線の外側を行ったり来たりしながら、このピッチに立ちたいと願わずにはいられなかった。からだは練習で疲れていたが、心が無性に疼《うず》く。

――サッカーがやりたい。

――ボールにさわりたい。

このピッチの上で、自分ならばなにができて、なにができないのか。そのことを試してみたかった。

ボールが反対側のタッチを割った時間を使って、遼介はその場でからだを動かした。ボールがピッチのなかで動いているときは、さまざまなステップを意識的に使い分けて走った。自分がピッチに立っているイメージをふくらませ、ついついフラッグを持つ手にも力がこもってしまう。

二本目のゲーム以降も副審は遼介が務めた。ピッチのまわり、ボール避《よ》けのネットの外側には、いつのまにか観戦者の姿が増えている。選手の保護者らしき大人が目立つが、本校の学生らしき姿も少なくない。

「ねえ、美咲に会ったんだってね」

二本目の途中、ふいにネット越しに声をかけられた。

だれかと思えば私服姿の神崎葉子だ。束ねた長い髪を握るようにして、こっちを向いている。その目はどこか挑発的でにらんでいるようにすら見えた。

同じ場所にもどったとき、「ありがとうって言っといて」と早口で遼介は伝えた。

「なに言ってんの、そんなの自分で言えよ」

返ってきたのは、棘《とげ》のある言葉。ある意味予想通りだ。

無視して、試合に集中した。

「おい、堀越！」

鰐渕がピッチに向かって声を荒らげた。「なぜ今ボールを奪われたんだ」

息の上がっている堀越はその場で立ち止まったが、すぐには答えられない。

「どうしてだ？」

「今のは……」

後ろ手の直立不動のまま息を整え、しどろもどろに説明を始めた。

「なんだって？　聞こえない」

鰐渕が怒鳴る。

その間も、太陽は照りつけ、砂ぼこりの舞い上がるピッチではプレーが続行されている。堀越が中盤で失ったボールは、あっという間にゴール前まで運ばれ、混戦からのこぼれ球をゴールに押し込まれてしまった。言葉にならず「あぁー」と叫んだのは、このゲームからキーパーに入った大牟田。オレンジ色のビブスをつけた選手たちが下を向いた。


「わかった堀越、もういい。おまえはビデオの撮影でもしてろ」

鰐渕は冷たくつき放し、白線を挟んで続いていた対話がようやく終わった。

キックオフでの試合再開前に、選手交代が告げられた。うなだれたままベンチにもどった堀越は、抜け殻のように放心していた。どうやら堀越のセレクションは不調に終わったようだ。

そして、ラストだと聞いていた三本目。

ゲームの終盤、空中戦での競り合いで選手同士が激突するシーンがあった。倒れたのはBチームのミッドフィルダー。本人は続ける意志を示したが、様子を見に行ったトレーナーがすぐに×のサインを出した。トレーナーの肩を借り、選手がピッチの外に運ばれてきた。鼻血だろうか、ビブスを赤く染めている。

主審の三嶋はゲームを止め、ベンチのほうを見ている。

どうやらBチームはケガ人が多く、準備のできている交代要員が見当たらないらしい。

「だれか戦えるやつはいないのか」

苛立たしげに鰐渕が呻《うめ》いた。

ベンチに一度は下がった堀越があわてて立ち上がるが、まるで見えていないように、鰐渕は無視している。

そのとき、穏やかな声がした。

「おい、そこの副審」

遼介は声のほうを向いた。

「そう、君のことだ」

遼介と目が合った麦わら帽子の男が手招きをしている。

——鶴見監督だ。

なにか落ち度があったのかと、焦ってコーチングスタッフの居並ぶベンチ前までダッシュした。

「君、一年生だな」

鶴見の声に、「はい」と遼介は答えた。

「君はいつも副審をやってるね」

「あ、はい……」

「審判、好きなの?」

「いえ、そういうわけじゃ……。ただ、試合に出られないときは、ピッチの近くでプレーを見れますし、工夫次第でトレーニングにもなるので」

遼介は両手を後ろにまわし、鶴見の目を見て答えた。

「なるほど、そういうわけか」

両腕を前で組んだ鶴見は穏やかにうなずいた。

監督と直接言葉を交わすのは初めてのことだ。暑さに加え、緊張のせいで、遼介の頬に冷たい汗が一筋流れた。

ピッチに向けた背中に、動きを止めた選ばれし者たちの刺すような視線を感じた。

「じゃあ今日は、副審はここまででいい。これをつけろ」

渡されたのは、目にまぶしいオレンジ色のビブスだった。

危うく「え?」と漏らしそうになったが、その声を呑《の》み込んだ。

なにがなんだかわからない。でもこれは、まぎれもなくチャンスだ。膝《ひざ》が笑うように震えた。

「準備はいいか?」

「はい、できてます」

遼介は答えた。

右手に握ったままのフラッグをだれかが後ろからつかんだ。

振り向くと巧がいて、小さな声で「やれよ」と言った。

遼介は急いでその場でビブスを着替えた。

——人生は、いつ、なにが起こるかわからない。

そのことを、まだ記憶に新しい、あの震災の日と同じように思い知った。

たとえそれがつらく悲しいことでも。

あるいは思いがけず、うれしいことでも。

そして自分が何者であるのか、試されるときでも。

いつ、なにが起こるかわからない。

生きるとは、そういうものなのだ、と。

だからいつでも準備を怠ってはならない。精一杯、毎日を生きろ。その瞬間《とき》は、いずれ訪れるかもしれないのだから。

だれかに、そう言われている気がした。

「おい、武井」

鰐渕がふいに名前を呼んだ。「中盤に入れ。いいか、ミスを怖れずプレーしろ。流れを変えるんだ」

自分の名前を知っていることが驚きだった。遼介はうなずき、鰐渕が差し出している日に焼けた大きな右手を握りかえした。そして深呼吸をしてから、これまで越えることのできなかった白線の向こう側へ、スパイクを踏み出した。

同じオレンジ色のビブスをつけた味方であるはずの選手たちが、怪訝《けげん》そうな視線を向けてくる。こいつはだれだ。その目は、そう言っている気がした。どうやらあまり歓迎されてはいないようだ。自分が何者であるかは、自ら示すしかない。

ベンチとは反対サイドでフラッグがゆれている。副審をやっている小野君が気づいたようだ。

「やあ」という感じで、敵陣の中央にいる遥翔が手を挙げた。口元には笑みが浮かんでいる。

遼介は目だけでうなずいてみせた。

ゲームの残り時間がどれだけあるのか、正確にはわからなかった。でもやるべきことはわかっていた。

それは、戦うこと。一秒も無駄にせず、精一杯走ると決めた。いつのまにか膝の震えは治まっていた。

三嶋が腕時計に視線を送ってから、プレー再開の笛を吹く。

その音が鳴り止《や》まないうちに、遼介は走り出した。

ピッチには今日も風が吹いている。

前からも、後ろからも。

右からも、左からも。

その気まぐれな風を全身に浴びながら、上崎響の言葉を思い出していた。

おれたちのことなんて、だれも知らない。

その通りだと思う。

ピッチに吹く無数の風は、この場所に立った多くの無名の選手たちの息づかいのように聞こえた。

おれたちは、風だ。

ピッチを通り過ぎる、名もなき風だ。

全身でその息吹を感じながら、遼介は走った。陽炎《かげろう》の向こうにゆれる、自分が奪いとるべきなにかに向かって。風のように、自由に。

本書は、二〇一六年十月に小社より刊行された単行本『名もなき風たち　サッカーボーイズU-16』を改題し、加筆・修正のうえ文庫化したものです。

高《こう》校《こう》サッカーボーイズ U-16《アンダー》

はらだみずき

平成31年 4月25日　初版発行
令和6年 10月30日　4版発行

発行者●山下直久

発行●株式会社KADOKAWA
〒102-8177　東京都千代田区富士見2-13-3
電話　0570-002-301(ナビダイヤル)

角川文庫 21559

印刷所●株式会社KADOKAWA
製本所●株式会社KADOKAWA

表紙画●和田三造

●お問い合わせ
https://www.kadokawa.co.jp/（「お問い合わせ」へお進みください）
※内容によっては、お答えできない場合があります。
※サポートは日本国内のみとさせていただきます。
※Japanese text only

ISBN 978-4-04-107771-9　C0193

◆◇◇

角川文庫発刊に際して

角川源義

第二次世界大戦の敗北は、軍事力の敗北であった以上に、私たちの若い文化力の敗退であった。私たちの文化が戦争に対して如何に無力であり、単なるあだ花に過ぎなかったかを、私たちは身を以て体験し痛感した。西洋近代文化の摂取にとって、明治以後八十年の歳月は決して短かすぎたとは言えない。にもかかわらず、近代文化の伝統を確立し、自由な批判と柔軟な良識に富む文化層として自らを形成することに私たちは失敗して来た。そしてこれは、各層への文化の普及滲透を任務とする出版人の責任でもあった。

一九四五年以来、私たちは再び振出しに戻り、第一歩から踏み出すことを余儀なくされた。これは大きな不幸ではあるが、反面、これまでの混沌・未熟・歪曲の中にあった我が国の文化に秩序と確たる基礎を齎らすためには絶好の機会でもある。角川書店は、このような祖国の文化的危機にあたり、微力をも顧みず再建の礎石たるべき抱負と決意とをもって出発したが、ここに創立以来の念願を果すべく角川文庫を発刊する。これまで刊行されたあらゆる全集叢書文庫類の長所と短所とを検討し、古今東西の不朽の典籍を、良心的編集のもとに、廉価に、そして書架にふさわしい美本として、多くのひとびとに提供しようとする。しかし私たちは徒らに百科全書的な知識のジレッタントを作ることを目的とせず、あくまで祖国の文化に秩序と再建への道を示し、この文庫を角川書店の栄ある事業として、今後永久に継続発展せしめ、学芸と教養との殿堂として大成せんことを期したい。多くの読書子の愛情ある忠言と支持とによって、この希望と抱負とを完遂せしめられんことを願う。

一九四九年五月三日

角川文庫ベストセラー

スパイクを買いに　はらだみずき

41歳の岡村は、息子がサッカー部をやめた理由を知るため、地元の草サッカーチームに参加する。思うように身体は動かないが、それぞれの事情を抱える仲間と過ごすうち、岡村の中で何かが変わり始める……。

サッカーの神様をさがして　はらだみずき

高校生になったらサッカーをしようと心に決めていた春彦だったが、驚くべきことに、入学した新設高校にはサッカー部が存在しなかった。サッカーをあきらめられない春彦は部の創設に奔走するが……。

最近、空を見上げていない　はらだみずき

その書店員は、なぜ涙を流していたのだろう──。ときにうつむきがちになる日常から一歩ふみ出す勇気をくれる、本を愛する人へ贈る、珠玉の連作短編集。（単行本『赤いカンナではじまる』を再構成の上、改題）

ホームグラウンド　はらだみずき

休耕地の有効利用を持ちかけた圭介に、祖父の雄蔵はある少年について話し、荒れた土地を耕し始める。芝生の広場をつくる、という老人の夢に巻き込まれていく圭介は、迷いのあった人生の舵を切るが──。

800　川島　誠

優等生の広瀬と、野生児の中沢。対照的な二人の高校生が走る格闘技、800メートル走でぶつかりあう。緊張感とエクスタシー。みずみずしい登場人物がおりなす、やみくもに面白くてとびきり上等の青春小説。

角川文庫ベストセラー

みぞれ　重松　清

思春期の悩みを抱える十代。社会に出てはじめての挫折を味わう二十代。仕事や家族の悩みも複雑になってくる三十代。そして、生きる苦みを味わう四十代——。人生折々の機微を描いた短編小説集。

とんび　重松　清

昭和37年夏、瀬戸内海の小さな町の運送会社に勤めるヤスに息子アキラ誕生。家族に恵まれ幸せの絶頂にいたが、それも長くは続かず……高度経済成長に活気づく時代と町を舞台に描く、父と子の感涙の物語。

みんなのうた　重松　清

夢やぶれて実家に戻ったレイコさんを待っていたのは、いつの間にかカラオケボックスの店長になっていた弟のタカツグで……。家族やふるさとの絆に、しぼんだ心が息を吹き返していく感動長編！

ファミレス（上）　重松　清

妻が隠し持っていた署名入りの離婚届を発見してしまった中学校教師の宮本陽平。料理を通じた友人である、一博と康文もそれぞれ家庭の事情があって……50歳前後のオヤジ3人を待っていた運命とは？

さまよう刃　東野圭吾

長峰重樹の娘、絵摩の死体が荒川の下流で発見される。犯人を告げる一本の密告電話が長峰の元に入った。それを聞いた長峰は半信半疑のまま、娘の復讐に動き出す——。遺族の復讐と少年犯罪をテーマにした問題作。

角川文庫ベストセラー

使命と魂のリミット　東野圭吾

夜明けの街で　東野圭吾

ナミヤ雑貨店の奇蹟　東野圭吾

DIVE《ダイブ》!!（上）（下）　森絵都

いつかパラソルの下で　森絵都

あの日なくしたものを取り戻すため、私は命を賭ける――。心臓外科医を目指す夕紀は、誰にも言えないある目的を胸に秘めていた。それを果たすべき日に、手術室を前代未聞の危機が襲う。大傑作長編サスペンス。

不倫する奴なんてバカだと思っていた。でもどうしようもない時もある――。建設会社に勤める渡部は、派遣社員の秋葉と不倫の恋に墜ちる。しかし、秋葉は誰にも明かせない事情を抱えていた……。

あらゆる悩み相談に乗る不思議な雑貨店。そこに集う、人生最大の岐路に立った人たち。過去と現在を超えて温かな手紙交換がはじまる……張り巡らされた伏線が奇蹟のように繋がり合う、心ふるわす物語。

高さ10メートルから時速60キロで飛び込み、技の正確さと美しさを競うダイビング。赤字経営のクラブ存続の条件はなんとオリンピック出場だった。少年たちの長く熱い夏が始まる。小学館児童出版文化賞受賞作。

厳格な父の教育に嫌気がさし、成人を機に家を飛び出していた柏原野々。その父も亡くなり、四十九日の法要を迎えようとしていたころ、生前の父と関係があったという女性から連絡が入り……。